Né [...] a gran[...] les passion[...] quand son père abandonn[...] quand sa mère se remarie.

Il qu[...] école a quinze ans pour gagner sa vie et écrire, collectionne les emplois et les refus des éditeurs, devient instituteur et obtient en 1958 son premier contrat d'écrivain. Il connaît d'abord un succès d'estime puis un succès foudroyant quand il publie sous le pseudonyme de Jack Higgins *The Eagle Has Landed* (1975) paru en France sous le titre : *L'aigle s'est envolé*. Il écrit ensuite *Le Jour du Jugement*, *Avis de tempête*, *Solo*, *Luciano*, *Les Griffes du diable*, *Exocet*, *Confessionnal*, *L'Irlandais*, *La Nuit des loups*, *Saison en enfer*, *Opération Cornouailles*, *L'aigle a disparu*, *L'Œil du typhon*, *Opération Virgin*, *Terrain dangereux*, *L'Année du Tigre*, *L'Ange de la mort* et *Le Festin du diable*.

Jack Higgins est, aux côtés de ses compatriotes Graham Greene, John le Carré et Frederick Forsyth, l'un des maîtres du grand roman d'aventures.

Paru dans Le Livre de Poche :

SOLO
EXOCET
L'IRLANDAIS
LA NUIT DES LOUPS
SAISON EN ENFER
OPÉRATION CORNOUAILLES
L'AIGLE A DISPARU
L'ŒIL DU TYPHON
L'AIGLE S'EST ENVOLÉ
CONFESSIONNAL
OPÉRATION VIRGIN
TERRAIN DANGEREUX
L'ANNÉE DU TIGRE

JACK HIGGINS

Mission Saba

ROMAN TRADUIT DE L'ANGLAIS PAR BERNARD FERRY

ALBIN MICHEL

Titre original :
SHEBA

©Jack Higgins, 1994.
©Éditions Albin Michel S.A., 1996, pour la traduction française.

*En 24 avant J.-C., le général romain Aelius Gallus, qui s'efforçait de conquérir le sud de l'Arabie, ne réussit qu'à perdre la plus grande partie de son armée dans le Rub'-al-Khali, l'effroyable région connue sous le nom de « Quartier vide ». Au nombre des survivants se trouvait un aventurier grec nommé Alexias, centurion dans la X*e *légion. Cet homme réussit à fuir le désert en emportant un secret aussi stupéfiant que celui des mines du roi Salomon, un secret qui demeura perdu pendant deux mille ans, jusqu'au jour où...*

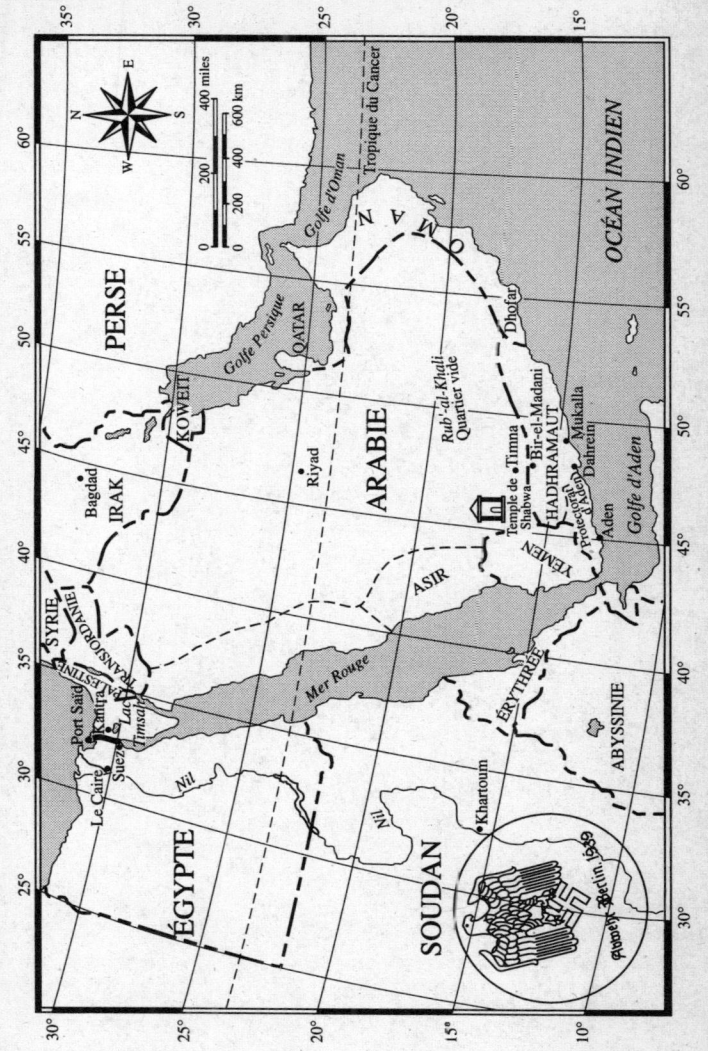

BERLIN

Mars 1939

1

En cette dernière soirée du mois de mars, une grosse Mercedes noire filait à travers Berlin sous une pluie battante. Elle suivait à présent la Wilhelmstrasse en direction de la nouvelle chancellerie du Reich, occupée seulement depuis le mois de janvier. Hitler avait donné un an aux architectes pour mener à bien l'opération, ce qu'ils avaient réussi avec deux semaines d'avance. L'amiral Wilhelm Canaris, chef de l'Abwehr, les services de renseignement militaires, descendit la vitre pour mieux voir le spectacle qui s'offrait à lui.

— Incroyable, dit-il, est-ce que vous vous rendez compte, Hans, que la seule façade sur la Voss-Strasse fait quatre cents mètres de long ?

Le jeune homme assis à ses côtés, son aide de camp, se nommait Hans Ritter, et il était capitaine de la Luftwaffe, titulaire de la Croix de fer de première et de deuxième classe. Il aurait pu passer pour un bel homme, n'était l'affreuse cicatrice brune sur sa joue droite. Sur le plancher de la voiture, il avait posé une canne, accessoire nécessaire depuis qu'il avait été abattu en plein vol par un pilote volontaire américain, alors qu'il combattait en Espagne dans les rangs de la légion Condor.

— Avec toutes ces colonnes et tout ce marbre, amiral, on dirait un monument de l'Antiquité.

— Ah bon ? Et pas un symbole de l'ordre nouveau ? Tout passe, Hans, même le IIIe Reich, même si notre bien-aimé Führer nous l'a promis pour mille ans, ironisa Canaris en refermant la vitre.

Un peu inquiet, comme d'habitude, du ton persifleur de son aîné, Ritter alluma la cigarette que l'amiral venait de tirer de son étui.

— Comme vous dites, amiral.

— Oui... C'est une pensée bizarre, vous ne trouvez pas ? Un jour, peut-être, des touristes viendront visiter les ruines de la chancellerie, comme aujourd'hui on visite celles du temple de Louxor, en Égypte, en se demandant à quoi ça pouvait bien ressembler.

Ritter se sentait franchement mal à l'aise. La Mercedes franchit les portes sculptées du bâtiment et s'arrêta au pied du grand escalier de la cour d'honneur.

— Pourriez-vous me dire, amiral, pourquoi nous avons été convoqués ?

— Je n'en ai pas la moindre idée, Hans. En outre, c'est moi qu'il veut voir, pas vous. Je tenais simplement à ce que vous soyez présent au cas où il se passerait des choses inhabituelles.

— Voulez-vous que j'attende dans la voiture ?

— Non, à la réception. C'est beaucoup plus confortable, et vous aurez ainsi l'occasion d'admirer les nouvelles formes d'art du IIIe Reich. Vulgaires, mais roboratives.

Le sous-officier de marine qui leur servait de chauffeur fit le tour de la voiture pour ouvrir la portière. Canaris descendit le premier et attendit courtoisement Ritter, qui avait plus de difficultés à se mouvoir. Du genou au pied, sa jambe gauche était artificielle, mais, une fois debout, il marchait avec une relative aisance grâce à sa canne, et ils grimpèrent d'un même pas l'escalier menant à l'entrée monumentale.

Les SS de garde de la Leibstandarte Adolf Hitler, uniformes noirs et buffleteries blanches, saluèrent Canaris et Ritter. Avec son sol en mosaïque, ses portes de plus de cinq mètres de haut et ses grands aigles tenant des croix gammées dans leurs serres, le hall était véritablement impressionnant. Entouré de deux plantons, un jeune Hauptsturmführer en uniforme de parade se tenait assis derrière un bureau doré. Il se leva précipitamment.

— Bonjour, amiral. Le Führer a demandé deux fois si vous étiez arrivé.

— Mon cher Hoffer, je n'ai reçu sa convocation qu'il y a une demi-heure. Je vous présente mon aide de camp, le capitaine Ritter. Occupez-vous donc de lui pendant que je serai là-bas.

— Bien sûr, amiral. (Hoffer adressa un bref signe de tête à l'un des plantons.) Conduisez l'amiral au salon de réception du Führer.

Canaris suivit le soldat qui s'éloignait d'un pas vif. Hoffer fit le tour du bureau et demanda à Ritter :

— L'Espagne ?

— Oui, dit Ritter en frappant le sol de son pied artificiel. Je pourrais encore voler, mais ils ne veulent plus de moi.

— Quel dommage ! s'exclama Hoffer en le conduisant vers un fauteuil. Vous allez manquer le feu d'artifice.

Ritter s'assit et tira de sa poche un étui à cigarettes.

— Vous croyez qu'on va en arriver là ?

— Pas vous ? Ah, au fait, ici on ne fume pas. Ordre du Führer.

— Au diable ! s'écria Ritter, que les cigarettes aidaient à oublier des douleurs lancinantes.

— Désolé, dit Hoffer avec sincérité. Mais je peux vous offrir du café, et du meilleur.

Il regagna son bureau et décrocha le téléphone.

Lorsque le garde ouvrit l'énorme porte du bureau de Hitler, Canaris fut surpris d'y trouver autant de monde. Il y avait là les trois chefs d'état-major, Goering pour la Luftwaffe, Brauchitsch pour l'armée de terre, et Raeder pour la marine. Plus Himmler, von Ribbentrop, les généraux Jodl, Keitel et Halder. Un silence lourd régnait dans la pièce, et les têtes se tournèrent quand Canaris fit son entrée.

— Maintenant que l'amiral a daigné se joindre à nous, nous pouvons commencer, déclara Hitler. Messieurs, je serai bref. Comme vous le savez, la Grande-Bretagne a déclaré qu'en cas de conflit elle apporterait sans condition son soutien à la Pologne.

— Pensez-vous que la France suivra ? demanda Goering.

— Sans aucun doute, répondit Hitler. Mais lorsqu'il faudra vraiment se battre, ils ne bougeront pas.

— Vous voulez dire, lorsque nous envahirons la Pologne ? demanda Halder, le chef d'état-major de l'OKW. Et les Russes ?

— Ils n'interviendront pas. Il y a des négociations à ce sujet, mais je ne vous en dirai pas plus. Aussi, messieurs, ma décision est prise. Vous préparerez le plan blanc, l'invasion de la Pologne, pour le 1er septembre.

Murmures de surprise.

— Mais ça ne nous laisse que six mois ! s'écria le colonel-général von Brauchitsch.

— C'est amplement suffisant ! rétorqua Hitler. Si certains ont des objections à formuler, qu'ils le fassent maintenant. (Un profond silence accueillit ces paroles.) Bon, eh bien, au travail, messieurs ! Vous pouvez tous partir, sauf l'amiral Canaris.

Hitler se prit alors à regarder par la fenêtre la

pluie qui tombait. Quand tout le monde fut sorti du bureau, il se tourna vers Canaris.

— Les Britanniques et les Français vont nous déclarer la guerre, mais ils ne feront rien. Vous n'êtes pas d'accord ?

— Si, tout à fait, répondit Canaris.

— En quelques semaines, nous aurons écrasé la Pologne. Ensuite, quel intérêt auront la France et la Grande-Bretagne à intervenir ? Ils demanderont la paix.

— Et dans le cas contraire ?

Hitler haussa les épaules.

— Dans ce cas, je mettrai en route le plan jaune. Nous envahirons la Belgique, la Hollande et la France, et nous jetterons les Anglais à la mer. Ça les fera revenir à la raison. Après tout, ce ne sont pas nos ennemis naturels.

— Je suis d'accord avec vous.

— Cela dit, je pense qu'il faudrait montrer le plus rapidement possible à nos amis anglais que je ne plaisante pas.

Canaris s'éclaircit la gorge.

— À quoi pensez-vous exactement ?

D'un geste, Hitler montra la grande carte du monde accrochée à un mur.

— Venez par ici, amiral, je vais vous montrer.

Lorsque une heure plus tard, Canaris se retrouva dans le hall de réception de la chancellerie, il aperçut Hoffer assis derrière son bureau avec les deux plantons. Aucune trace de Ritter. Le capitaine SS se leva et vint à sa rencontre.

— Où est mon aide de camp ? demanda Canaris.

— Le capitaine Ritter avait un besoin impérieux de fumer. Il est retourné à votre voiture.

— Bon. Inutile de me raccompagner, je connais le chemin.

Il franchit les hautes portes et reboutonna son manteau sous la pluie. Puis il descendit les marches et ouvrit la portière arrière de la limousine avant que son chauffeur ait eu le temps de réagir.

— Au bureau, lança-t-il au chauffeur, avant de refermer la glace de séparation intérieure.

Ritter allait écraser sa cigarette, lorsque Canaris, en s'enfonçant dans son siège, lui dit :

— Non, non, ne vous inquiétez pas. Donnez-m'en plutôt une. J'en ai besoin.

Ritter lui offrit une cigarette et du feu.

— Tout va bien, amiral ? Je les ai vus tous partir. J'étais inquiet.

— Hans, le Führer nous a donné l'ordre d'envahir la Pologne le 1er septembre.

— Mon Dieu ! C'est le plan blanc.

— Exactement. Il a négocié avec les Russes, qui vont laisser faire. En échange, ils recevront une partie de la Pologne orientale.

— Et les Anglais ?

— Oh, ils nous déclareront la guerre, et je suis sûr que les Français suivront. Pourtant, le Führer est convaincu qu'ils n'interviendront pas sur le front ouest, et pour une fois je suis d'accord avec lui. Ils attendront que nous ayons conquis la Pologne, et il a le sentiment qu'ensuite nous retournerons à la table de négociations pour entériner le statu quo. Après tout, comme il l'a dit, la Grande-Bretagne n'est pas notre ennemie naturelle.

— Vous êtes d'accord, amiral ?

— Il a plutôt raison, mais les Anglais sont têtus, Hans, et Chamberlain n'est pas populaire dans son pays. Depuis Munich, les gens le méprisent. (Canaris écrasa sa cigarette dans le cendrier.) S'il y avait des changements au sommet, Churchill, par exemple... Allez savoir !

— Que ferions-nous, dans ce cas ?

— Nous appliquerions le plan jaune. Invasion des Pays-Bas et de la France, et rejet des troupes britanniques à la mer.

Il y eut un moment de silence.

— Ce serait faisable ? demanda Ritter.

— Je le pense, Hans, tant que les Américains n'interviennent pas. Sous la direction du Führer, nous avons réoccupé la Rhénanie, absorbé l'Autriche, la Tchécoslovaquie et un certain nombre d'autres territoires. Je suis sûr que nous remporterons la victoire en Pologne.

— Mais ensuite, amiral ? Les Français ? Les Anglais ?

— Eh bien, justement, c'est pour ça que le Führer m'a demandé de rester après le départ de tout le monde.

— Une opération spéciale, amiral ?

— C'est le moins qu'on puisse dire. Il veut que nous fassions sauter le canal de Suez le 1er septembre, le jour où nous envahirons la Pologne.

— Pardon ?

Canaris lui prit des mains l'étui à cigarettes qu'il s'apprêtait à ouvrir et se servit.

— C'est le colonel Rommel qui lui en a donné l'idée. C'est lui qui commandait le bataillon d'escorte quand le Führer s'est rendu dans le territoire des Sudètes, après l'invasion. Le Führer tient le colonel Rommel en haute estime, et avec raison. D'ailleurs, je dois reconnaître qu'il y a une certaine logique un peu folle dans cette idée. Car le canal de Suez forme le lien direct entre la Grande-Bretagne et son empire. S'il est coupé, tout le trafic maritime avec l'Inde, l'Extrême-Orient et l'Australie devra passer par l'Afrique et le cap de Bonne-Espérance. Les implications militaires me paraissent évidentes.

— Mais enfin, amiral, comment pourrions-nous acheminer des hommes et du matériel dans cette zone ?

— Il ne s'agit pas de mener une action militaire classique, Hans, mais de se livrer à une action de sabotage. Le Führer veut que nous, l'Abwehr, fassions sauter le canal de Suez le jour où les troupes allemandes envahiront la Pologne. Il faut le rendre inutilisable. Faire en sorte qu'il faille plus d'un an pour le rouvrir au trafic.

— Ce serait un fameux coup, dit Ritter. Ça frapperait les esprits dans le monde entier.

— Ça frapperait surtout les Anglais dans leurs intérêts vitaux, et ça leur montrerait notre détermination. Tel est du moins le point de vue de notre bien-aimé Führer. Bien sûr, la façon de mener à bien une telle opération, c'est une autre histoire, mais enfin, il faut que nous fassions au moins des propositions, et c'est là que vous intervenez, Hans.

— Je vois, amiral.

La limousine se rangea devant les bureaux de l'Abwehr, au 74-6 Tirpitz Ufer. Le sous-officier vint ouvrir la portière, et Ritter eut quelque mal à s'extraire de la voiture. Le jeune officier de la Luftwaffe avait l'air soucieux.

— Vous vous sentez bien ? demanda Canaris.

— Oui, oui, amiral. Simplement, je crois savoir quelque chose qui pourrait servir à notre affaire, mais je n'arrive pas à me rappeler quoi exactement.

— Vraiment ? dit l'amiral en s'arrêtant en haut des marches, devant la porte. Eh bien, c'est une bonne nouvelle, mais n'oubliez pas que le temps presse.

Une heure plus tard, environ, Canaris travaillait à son bureau, ses deux bassets endormis dans leur panier, lorsqu'on frappa à la porte. Ritter fit son entrée en boitant, un dossier dans une main, une carte roulée sous le bras.

— Pourrais-je vous toucher un mot de cette histoire de canal de Suez, amiral ?

— Déjà ? s'exclama Canaris en s'enfonçant dans son siège.

— Comme je vous l'avais dit, j'avais le sentiment

que je savais quelque chose qui pourrait nous servir et, en entrant dans mon bureau, je m'en suis souvenu. Le mois dernier, j'ai reçu un rapport de M. Otto Muller, qui est professeur d'archéologie à l'université de Berlin. Il revenait du sud de l'Arabie et comptait y retourner rapidement. Il demandait un financement.

— Quel rapport avec ce qui nous occupe ?
— Eh bien, comme vous le savez, amiral, les citoyens allemands travaillant à l'étranger sont tenus de transmettre à l'Abwehr un rapport sur tout ce qu'ils auraient pu remarquer d'inhabituel dans le cours de leur travail.
— Et alors ?
— Vous allez voir.

Le capitaine alla accrocher à un tableau la carte qu'il tenait roulée sous le bras. On y voyait l'Égypte avec le canal de Suez, l'Arabie tout entière, la mer Rouge et le golfe d'Aden.

— Vous voyez ici, amiral, les Britanniques à Aden, le Yémen et les différents États arabes le long du golfe d'Aden et de l'océan Indien, Dhofar et Oman.
— Oui ? dit Canaris d'un air interrogateur.
— Vous remarquerez ici Dahrein, un port sur la côte du golfe. C'était la base de départ de Muller. La ville appartient aux Espagnols. Ils y sont depuis quatre cents ans.
— J'imagine déjà l'endroit, dit Canaris.
— Au nord de la frontière avec l'Arabie Saoudite se trouve le Rub'-al-Khali, le Quartier vide, l'un des déserts les plus effroyables de la planète.
— Et c'est là que travaille ce Muller ?
— Oui, amiral.
— Mais qu'y fait-il donc ?
— Il y a de nombreux vestiges de l'Antiquité dans la région, notamment des inscriptions et des graffitis sur les rochers. Muller est un spécialiste des langues anciennes. Il se sert d'une solution de

latex pour prendre l'empreinte des inscriptions gravées dans la roche, et il les ramène ici, à l'université.

— Et quel rapport avec le canal de Suez ?

— Attendez, vous allez voir. Cette région formait autrefois le royaume de Saba, rendu célèbre par sa reine.

— Mon Dieu ! s'écria Canaris en retournant à son bureau. Maintenant, c'est la Bible ! J'ai toujours cru qu'en dehors des récits bibliques, on n'avait jamais eu aucune preuve de son existence.

— Oh si, elle a existé, je peux vous l'assurer. On vouait dans cette région un culte à une déesse nommée Ashtar, l'équivalent de Vénus. D'après la légende, la reine de Saba était la grande prêtresse de ce culte et avait fait bâtir un temple dans le Quartier vide.

— Oui, d'après la légende..., reprit Canaris.

— Muller a découvert des ruines qu'il pense être celles de ce temple, amiral. Naturellement, il a gardé sa découverte secrète. Un tel événement ferait autant sensation que la mise au jour du trésor de Toutankhamon dans la Vallée des Rois. Les archéologues du monde entier se précipiteraient sur place. Comme je vous l'ai dit, il est revenu à Berlin demander des crédits supplémentaires, et il a remis à l'Abwehr un rapport détaillé sur ce qu'il a trouvé là-bas.

— Mais où voulez-vous en venir ?

— C'est un endroit inconnu, amiral, perdu en plein désert. Il pourrait nous servir de base arrière pour notre attaque contre le canal.

Canaris se leva et retourna à la carte qu'il examina avec attention.

— Il doit bien y avoir seize cents kilomètres jusqu'au canal de Suez, dit-il.

— Plutôt deux mille, amiral, mais je suis sûr que je pourrais trouver un moyen.

— Je n'en doute pas, dit Canaris en souriant. Bon, eh bien, envoyez-moi ce Muller.
— Quand cela, amiral ?
— Mais tout de suite, bien sûr. Ce soir. De toute façon, je comptais passer la nuit au bureau.
Il retourna à ses papiers et Ritter quitta la pièce.

Le professeur Otto Muller était un homme de petite taille, le crâne dégarni, le visage desséché et tanné comme du vieux cuir par l'exposition continuelle au soleil du désert. Lorsque Ritter le fit entrer dans le bureau de Canaris, Muller sourit nerveusement, exhibant ses dents en or.
— Merci, Hans, vous pouvez disposer. (L'amiral alluma une cigarette.) Eh bien, professeur, vous avez fait une découverte remarquable. Racontez-moi un peu ça.
Muller avait l'air d'un écolier interrogé par son maître.
— J'ai eu de la chance, amiral. Je travaillais dans la région de Shabwa depuis déjà un certain temps, lorsqu'un soir un vieux Bédouin est arrivé dans mon campement, tremblant de fièvre et à moitié mort de soif. Je l'ai nourri, soigné, et il a survécu.
— Je vois.
— Ce sont des gens étranges. Comme il ne supportait pas l'idée d'être en dette vis-à-vis de moi, il m'a payé en me révélant l'endroit où se trouvait le temple de Saba.
— On peut dire que le paiement était royal. Racontez-moi.
— D'abord, je n'ai vu qu'un amas de pierres rouges, au beau milieu du désert. Il faut que vous compreniez, amiral, que là-bas il y a des dunes de sable qui font des dizaines de mètres de haut.
— Remarquable.
— Je voyageais à dos de chameau avec deux Bédouins pour m'escorter, et dans cette plaine

brûlée par le soleil j'ai vu à un moment une large avenue bordée de colonnes.

— Et le temple ?

Muller lui en parla pendant une demi-heure. Canaris l'écouta avec la plus grande attention.

— Fascinant, dit finalement l'amiral. Le capitaine Ritter m'a dit que vous aviez remis un excellent rapport à l'Abwehr.

— Je n'ai fait que mon devoir, amiral : je suis membre du Parti.

— Effectivement, répondit sèchement Canaris. Dans ce cas, vous serez heureux, je pense, de pouvoir retourner là-bas, avec tous les fonds nécessaires, et d'y accomplir la tâche que l'on vous confiera. Le Führer lui-même va suivre cette action de près.

Muller se redressa.

— À vos ordres, amiral !

— C'est bon. (Canaris appuya sur un bouton, sur son bureau.) Nous vous tiendrons informé.

Ritter fit son entrée.

— Amiral ?

— Veuillez attendre dehors, professeur, dit Canaris.

Dès que Muller fut sorti, il reprit :

— Il semble plutôt inoffensif, mais j'ai encore des doutes. Si vous utilisez cet endroit comme base de départ, il vous reste quand même deux mille deux cents kilomètres environ à franchir pour gagner le canal de Suez, et quels dégâts pourrait réaliser un seul bombardier ? D'ailleurs, avons-nous des avions capables de parcourir une telle distance ?

— J'y ai déjà réfléchi, dit Ritter, mais je préfère procéder à quelques vérifications avant de vous en parler.

— Eh bien, d'accord. Inutile de vous préciser qu'il faut tirer de Muller toutes les informations possibles sur Dahrein, la façon dont les Espagnols administrent la ville, etc. Au moins, ils sont de notre côté, ce qui pourrait se révéler utile.

— Je m'en occupe, amiral.

— Je veux également un rapport détaillé sur ce projet, Hans. Je vous donne trois jours.

Ritter fit demi-tour et quitta la pièce, tandis que Canaris se replongeait dans ses dossiers.

2

Le mercredi matin, après avoir une nouvelle fois dormi sur le petit lit de camp de son bureau, Canaris était occupé à se raser dans la salle de bains lorsqu'on frappa à la porte.

— Entrez.

— C'est moi, amiral, dit Ritter. Je vous apporte votre petit déjeuner.

Canaris s'essuya le visage et, en se retournant, aperçut une ordonnance qui posait un plateau sur son bureau ; Ritter, lui, se tenait debout près de la fenêtre.

— Joignez-vous donc à moi, Hans, proposa Canaris, lorsque l'ordonnance se fut retirée.

— Merci, j'ai déjà pris mon petit déjeuner, amiral.

— Vous avez dû vous lever tôt. Quel homme consciencieux vous faites !

— Pas vraiment, amiral. Simplement, je dors mal.

— Ah, pardonnez-moi, mon cher Hans. J'oublie trop souvent à quel point la vie doit être difficile pour vous.

— Ce sont les risques de la guerre, amiral.

Tandis que Canaris beurrait une tartine de pain grillé, Ritter déposa un dossier sur la table. L'amiral leva les yeux.

— Qu'est-ce que c'est ?

— L'opération Saba, amiral.

— Vous voulez dire que vous avez trouvé une solution ?

— Oui, je le crois.

— Vous pensez que c'est réalisable ?

— Non seulement c'est réalisable, mais je pense que c'est nécessaire.

— Vraiment ? (Canaris remplit la deuxième tasse qui se trouvait sur le plateau.) Dans ce cas, j'insiste pour que vous buviez ce café en fumant une cigarette pendant que je lis ce que vous m'avez apporté.

Ritter obtempéra puis gagna la fenêtre en boitant. On était le 3 avril. Pâques approchait, pourtant il pleuvait comme en novembre. Sa jambe le faisait souffrir, mais pour rien au monde il n'aurait avalé une pilule de morphine. Il but une gorgée de café et alluma une cigarette. Derrière lui, l'amiral Canaris décrocha le téléphone.

— Passez-moi la chancellerie du Reich, les appartements du Führer. (Un moment d'attente.) Bonjour, ici l'amiral Canaris. Je dois voir le Führer. Oui, c'est très urgent. (Nouvelle attente.) Onze heures ? Oui, très bien. (Il se tourna vers Ritter.) Parfait, Hans, votre plan. Vous m'accompagnerez, comme ça vous pourrez l'exposer vous-même au Führer.

Ritter ne s'était jamais aventuré plus loin que le grand hall de réception de la chancellerie et il découvrit avec stupéfaction les portes gigantesques, les aigles de bronze, et surtout la galerie de marbre, longue de cent quarante-cinq mètres, orgueil du Führer parce qu'elle était deux fois plus longue que la galerie des glaces du château de Versailles.

Dans son immense bureau, le Führer était assis à sa table. Il leva les yeux à leur entrée.

— J'imagine qu'il s'agit de quelque chose d'important, dit-il.

— Je le crois, mon Führer, dit Canaris. Je vous présente mon aide de camp, le capitaine Ritter.

Hitler détailla la cicatrice, la canne, les médailles ; il fit le tour de son bureau et serra la main de Ritter.

— En tant que soldat, je vous salue.

Puis il revint s'asseoir. Ritter semblait pétrifié.

— Le capitaine Ritter a mis au point un plan extraordinaire pour le canal de Suez, déclara alors Canaris. Le plus extraordinaire, dans ce plan, c'est d'ailleurs sa simplicité. (Il posa le dossier sur le bureau de Hitler.) Voici le projet de l'opération Saba.

Hitler s'enfonça dans son fauteuil, bras croisés sur la poitrine, comme il en avait l'habitude.

— Je le lirai plus tard. Expliquez-moi de quoi il s'agit, capitaine.

Ritter passa la langue sur ses lèvres sèches avant de se lancer :

— Eh bien, mon Führer, tout a commencé par une découverte extraordinaire qu'a faite un archéologue, le professeur Muller, dans le sud de l'Arabie...

— Fascinant, dit Hitler, lorsque Ritter eut terminé son récit. (Les yeux du Führer brillaient d'excitation, car il avait toujours été passionné par l'architecture.) Je ne sais pas ce que je donnerais pour voir ce temple. Mais continuez, capitaine. Donc, vous voulez utiliser ce site comme base d'opérations, mais en quoi cela nous avance-t-il ?

— Ce qui est fondamental, dans ce plan, c'est son incroyable simplicité. L'idée qu'un seul bombardier puisse attaquer le canal de Suez est absurde. On ne peut jamais être tout à fait sûr de la précision d'un bombardement.

— Et donc ? dit Hitler.

— Il existe un avion américain qui s'appelle le Catalina, un bimoteur amphibie qui peut se poser aussi bien sur terre que sur l'eau. Il a un rayon d'action extraordinaire : il peut emporter deux cent cinquante kilos de bombes à plus de deux mille cinq cents kilomètres.

— Impressionnant, dit Hitler. Et à quoi nous servirait cet avion ?

— Comme je vous l'ai dit, mon Führer, c'est incroyablement simple. Dans notre base du désert, cet avion charge non pas des bombes mais des mines. Il gagne ensuite l'Égypte, se pose sur le canal de Suez, par exemple du côté de Kantra, et là, l'équipage largue ces mines qui dériveront dans le courant. Ensuite il sabote le Catalina en laissant à bord une grosse quantité de notre dernier explosif, l'helicon, qui causera d'énormes dégâts au canal lui-même. Inutile de préciser qu'en dérivant les mines finiront par toucher des navires faisant route vers le nord depuis le lac Timsah. On peut être sûr que plusieurs navires sombreront, ce qui entraînera de nouveaux blocages sur le canal.

Un long moment de silence suivit les dernières paroles de Ritter, puis Hitler se frappa la paume de la main avec le poing.

— C'est un plan magnifique et, comme vous l'avez dit, incroyablement simple. Mais cet avion, ce Catalina ? Comment comptez-vous vous le procurer ?

— Il y en a un en vente à Lisbonne, mon Führer. Je pensais que nous pourrions l'acheter et fonder à Dahrein une société de transport aérien, une société espagnole, bien sûr. Je suis certain qu'il y a beaucoup de fret à transporter sur la côte.

Hitler se leva, fit à nouveau le tour du bureau et lui administra une petite claque sur l'épaule.

— Parfait. Cet homme me plaît, amiral. Vous pouvez passer à l'exécution du plan. Vous avez mon autorisation.

Canaris se dirigea alors vers la porte, se retourna et se força à faire le salut nazi avant de sortir.

— Vous avez fait grosse impression sur le Führer, lança-t-il, tandis qu'il traversait avec Ritter la galerie de marbre. Je vais débloquer tout de suite les fonds pour l'achat du Catalina, mais une chose me préoccupe : l'équipage. Il n'y a aucune raison pour qu'une société espagnole emploie du personnel allemand.

— Non, mieux vaudrait un équipage espagnol, dit Ritter.

— Et où comptez-vous le recruter ?

— Dans les rangs des SS, amiral, il y a beaucoup de volontaires espagnols.

— Bien sûr, dit Canaris. Ce serait parfait.

— J'ai déjà trouvé un pilote, un homme qui s'est beaucoup battu en Espagne pendant la guerre civile. Pour l'instant, il est affecté comme pilote de transport dans les SS. J'ai rendez-vous avec lui ce matin même à l'aéroport de Gatow.

— Bien. Je vous accompagne. Je tiens à le voir en personne.

Carlos Romero était un bel homme de vingt-sept ans, l'air plutôt sombre, fils d'un riche marchand de vins de Madrid. Il avait appris à piloter à l'âge de seize ans et s'était engagé dans l'armée de l'air espagnole dès qu'il l'avait pu. Lorsque la guerre civile avait éclaté, il s'était rangé du côté de Franco, non par conviction fasciste, mais parce que c'était ce que faisaient la plupart des jeunes gens de son milieu. Il avait vécu les plus beaux moments de sa vie au cours de cette guerre et avait abattu onze avions. Il avait même volé avec la légion Condor, envoyée par Hitler en Espagne.

Après la guerre, le bruit avait couru que les SS accueillaient des volontaires espagnols. Vu ses états de service, il avait été engagé sans hésitation ; il pilotait désormais des avions de transport militaires et convoyait souvent des officiers de haut rang.

Aux commandes d'un petit Stork où avait embarqué un Brigadeführer des SS, il survolait à présent Berlin. Il appela la tour de contrôle à Gatow, reçut l'autorisation d'atterrir et se posa en douceur sur la piste. Ces tâches routinières l'ennuyaient à mourir.

Dans le mess des officiers, il ôta son blouson d'aviateur, révélant un uniforme gris de SS parfaitement coupé. Il portait un écusson espagnol sur l'épaule gauche, une décoration espagnole, l'Ordre du mérite, gagnée pour sa bravoure sur le champ de bataille, ainsi que la Croix de fer de première classe pour ses exploits au sein de la légion Condor.

Il repéra d'abord Canaris, à cause de son uniforme de haut gradé, mais ne le reconnut pas ; en revanche, il reconnut tout de suite Ritter et s'avança vers lui en souriant.

— Hans Ritter, quelle surprise !

Le capitaine s'appuya sur sa canne pour se lever et lui tendit la main.

— Tu as l'air en forme, Carlos. Ah, ça semble bien loin, l'Espagne !

— J'ai appris, pour ta jambe. Ça a dû être dur.

— Je te présente l'amiral Canaris, chef de l'Abwehr.

Romero salua en claquant des talons.

— Très honoré, amiral.

— Joignez-vous à nous, Herr Haupsturmführer. Du champagne ! Du Bollinger, de préférence, et trois verres, lança-t-il au serveur. (Puis, s'adressant à nouveau à Romero :) Vous êtes donc devenu pilote de transport. Cela vous plaît ?

— Pour être franc, amiral, ces trajets routiniers ne me passionnent pas vraiment.

— Eh bien, je crois que nous allons pouvoir

vous proposer quelque chose de beaucoup plus intéressant, dit Canaris, alors que le champagne arrivait sur la table. Expliquez-lui, Hans.

Lorsque Romero referma le dossier, ses yeux brillaient d'excitation.

— Alors, ça vous intéresse ? demanda Canaris.

— Si ça m'intéresse ? s'exclama-t-il en prenant d'une main tremblante la cigarette que lui offrait Ritter. Amiral, je serais prêt à me jeter à vos genoux pour obtenir une telle mission !

Canaris se mit à rire.

— Inutile, capitaine.

— Tu ne penses pas avoir de problèmes avec le Catalina ? demanda Ritter.

— Certainement pas ! C'est un excellent avion.

— Et l'équipage ?

Romero réfléchit un moment.

— Il me faudrait un copilote et un mécanicien.

— Où pourrions-nous les trouver ? demanda Canaris.

— Ici, amiral, dans la légion espagnole des SS. Je vois déjà deux hommes qui feraient l'affaire : Javier Noval, un bon pilote, et Juan Conde, un mécanicien de génie.

Ritter écrivit leurs noms sur un calepin.

— Parfait. Je vais vous faire transférer tous les trois à l'Abwehr.

— Et pour les explosifs et les mines ? demanda Romero.

— On les fera livrer par cargo, répondit Ritter. Dans un endroit comme Dahrein, il ne devrait pas y avoir de problème. En attendant, jusqu'au mois de septembre, il faudra vous bâtir une respectabilité en effectuant pour de bon du transport de fret sur la côte.

Romero acquiesça lentement.

— J'ai une suggestion à vous faire. Le moment venu, il serait préférable d'opérer le transborde-

30

ment des mines en pleine mer. Je pourrais me poser sans difficulté le long du cargo, et de là gagner la base dans le désert. Ça simplifierait tout.

— Excellent, approuva Canaris en se levant. Je pense que vous devriez rencontrer notre ami le professeur Muller. Revenez avec nous en voiture, vous me laisserez en chemin et vous poursuivrez jusqu'à l'université. À partir de maintenant, vous réglerez tous les détails avec le capitaine Ritter.

— À vos ordres, amiral.

À l'université, le département d'archéologie où travaillait Muller se trouvait dans un vaste hall encombré d'une infinie variété d'objets, depuis les momies égyptiennes jusqu'aux amphores arrachées aux fonds de la Méditerranée, en passant par les statues grecques et romaines. Assis à son bureau, Muller lisait le dossier relatif à l'opération Saba, tandis que Ritter et Romero feuilletaient des livres d'archéologie. Finalement, Muller vint les rejoindre.

— Alors, demanda Ritter, qu'en pensez-vous ?

Crispé, Muller tenta de sourire. En vain.

— C'est une idée magnifique, capitaine, mais je me demande si j'ai les qualifications nécessaires. Je n'ai... je n'ai aucune formation en espionnage, je ne suis qu'un archéologue.

— Cette opération sera pourtant menée. Ordre du Führer. Cela vous pose-t-il un problème ?

— Bien sûr que non ! s'écria Muller, le visage terreux.

Romero lui administra une claque sur l'épaule.

— Ne vous inquiétez pas, professeur, je veillerai sur vous.

— Tout est donc décidé, déclara Ritter. Je vous conseille de faire vos préparatifs tout de suite, professeur, car vous accompagnerez le capitaine Romero quand il quittera Lisbonne à bord du Catalina. Je resterai en contact avec vous.

Ritter s'éloigna en faisant résonner sa canne sur le marbre. Alors qu'ils approchaient de la sortie, Romero déclara :

— C'est un petit trouillard, ce Muller.

— Mais il obéira, c'est tout ce qui importe. Je vais donner des instructions pour que Noval, Conde et toi soyez transférés aujourd'hui même à l'Abwehr. Vous partirez pour Lisbonne demain. En civil, bien entendu. Je vais faire réserver des places sur un vol de la Lufthansa. Pour l'achat du Catalina, vous vous adresserez à notre correspondant à la légation allemande : c'est lui qui vous servira de banquier. Quand tu auras inspecté l'avion, téléphone-moi depuis la ligne protégée de l'ambassade. J'attends de tes nouvelles jeudi au plus tard.

— Bon Dieu, Hans ! Tu ne perds pas de temps, toi !

— Je ne vois pas l'intérêt.

Et Ritter entreprit de descendre l'escalier pour rejoindre la Mercedes garée devant l'université.

Avec ses larges baies et ses nombreux mouillages abrités, le Tage, comme on l'a dit un jour, est la vraie raison de l'existence de Lisbonne. C'était de là que les grands voiliers partaient autrefois pour les Amériques, et c'était là aussi, à trois cents mètres en mer, que le Catalina était amarré à deux bouées. Carlos Romero, Javier Noval et Juan Conde venaient d'arriver sur le quai proche de l'avenida da India, où ils avaient rendez-vous avec le représentant du propriétaire, un certain Gama. Les trois hommes contemplaient l'hydravion.

— Il me semble en bon état, dit Noval, un homme à l'air dur, à peu près de l'âge de Romero, vêtu d'un vieux blouson d'aviateur.

Plus âgé et plus massif que ses deux compagnons, Conde avait trente-cinq ans et portait lui aussi un blouson d'aviateur. Il mit sa main en visière pour s'abriter du soleil.

— Qu'est-ce que tu en penses, Juan ? demanda Romero. Tu te sens de le faire voler ?

— Bien sûr !

Un bateau à moteur s'approchait du quai ; à l'avant, un homme en complet brun, coiffé d'un panama, leur adressait des signes de la main.

— Monsieur Romero ? Je suis Fernando da Gama. Montez à bord, leur lança-t-il en espagnol.

Lorsqu'ils furent dans le canot, Gama fit signe au pilote de mettre le cap sur l'hydravion.

— Il vous paraît bien ? demanda-t-il.

— Merveilleux, vous voulez dire, répondit Romero. Quelle est son histoire ?

— Il a été acheté l'année dernière aux États-Unis par une compagnie maritime portugaise qui voulait créer une ligne régulière entre Lisbonne et Madère. L'avion s'est magnifiquement comporté, mais ils désiraient surtout faire du trafic passagers, et le Catalina n'a pas une capacité suffisante pour être rentable. Puis-je vous demander ce que vous, vous comptez en faire ?

— Du transport de marchandises en mer Rouge et dans le golfe d'Aden, et peut-être irons-nous jusqu'à Goa. C'est un coup d'essai.

— Je connais la région, dit Gama. Le Catalina serait parfait pour cela.

Ils se rangèrent le long d'un petit quai flottant, puis le pilote coupa le moteur du canot tandis que Noval et Conde attachaient une amarre. Gama ouvrit la porte de la cabine et monta le premier dans l'avion. Romero détailla le cockpit avec plaisir, s'installa aux commandes et prit en main le manche à balai. Noval s'assit à côté de lui et entreprit d'inspecter les instruments de contrôle.

Gama ouvrit un dossier que Conde reluqua par-dessus son épaule.

— Voici les dimensions : longueur, 19,20 m ; hauteur, 6,09 m ; envergure, 37,78 m. Les deux moteurs, des Pratt and Whitney, font 1 200 chevaux chacun. Vitesse de croisière, 290 km/h. Rayon d'action tout à fait remarquable. À vide, il a une autonomie de 6 400 km. À ma connaissance, aucun autre avion n'est capable de telles performances.

— Non, je ne crois pas non plus, dit Romero en se levant. Vous pouvez nous ramener à terre, maintenant.

Tandis qu'ils reprenaient place dans le canot, Gama essaya le baratin habituel :

— Évidemment, beaucoup de gens sont intéressés.

— Laissez tomber les marchandages, mon vieux, dit Romero. Préparez plutôt le contrat. Je vais vous donner le nom de mon avocat, nous signerons demain et vous recevrez un chèque du montant que vous demanderez. Ça vous va ?

Gama semblait sidéré.

— Mais bien sûr, monsieur.

Romero prit une cigarette, accepta le feu que lui proposait Noval et souffla une longue bouffée de fumée en regardant le Catalina.

— Messieurs, je crois que nous allons nous mettre au travail tout de suite.

Le ministre de la légation allemande de Lisbonne était le baron Oswald von Hoyningen-Heune. Aristocrate, diplomate de la vieille école, il n'était pas nazi et, comme la plupart de ses collaborateurs, il était plutôt satisfait de se trouver loin de Berlin. Obligé d'obéir aux ordres de la capitale, il s'était d'abord méfié quand on lui avait annoncé la visite de cet étrange Espagnol, Hauptsturmführer des SS, mais il avait été agréablement surpris par Romero.

Lorsque le pilote pénétra dans son bureau, il se leva pour l'accueillir.

— Ah, mon cher Romero ! Tout s'est bien passé ?

— On ne peut mieux. Gama va appeler l'avocat que vous m'avez recommandé. Vous pouvez débloquer les fonds et nous signerons demain. Ah, au fait, il faut que je parle tout de suite au capitaine Ritter, au quartier général de l'Abwehr.

— Bien sûr. (Le baron composa le numéro demandé sur le téléphone rouge, une ligne en principe protégée des écoutes.) Ça ne devrait pas prendre longtemps. Cognac ?

— Volontiers.

Romero alluma une cigarette et s'installa sur l'un des canapés. Le baron lui tendit un verre et prit place en face de lui.

— Très mystérieuse, cette affaire.

— Et aussi très secrète.

— Bien sûr, bien sûr. Je ne cherche pas à savoir. D'ailleurs, cela vaut mieux. En tout cas, je bois à votre succès.

À cet instant précis, la sonnerie du téléphone rouge retentit.

— Vous permettez ? dit Romero.

— Bien sûr. Je vous laisse.

Le baron sortit et Romero décrocha.

— Allô ? Hans, c'est toi ?

— Bien sûr. Alors, comment ça s'est passé ?

— Très bien. L'avion est superbe. Dis à l'amiral qu'on se met en route tout de suite.

Ritter frappa à la porte et entra. Canaris buvait une tasse de thé, un de ses bassets sur les genoux.

— Qu'y a-t-il, Hans ?

— Romero vient de m'appeler de Lisbonne, amiral. Le Catalina est en excellent état, et la vente se fera demain.

— Parfait, dit Canaris. Rédigez-moi un nouveau rapport avec les dernières informations dont vous disposez, et nous irons voir ensemble le Führer.

— Tout de suite, amiral.

Comme Ritter s'éloignait, Canaris lança :

— Au fait, Hans...
— Oui, amiral ?
— Nous emmènerons Muller.

Ils obtinrent un rendez-vous plus tôt que prévu, soit le soir même à dix heures. Ils passèrent prendre Muller à l'université, et le professeur sembla tétanisé lorsqu'on lui annonça qu'il allait rencontrer Hitler en personne.

L'aide de camp de service devant les bureaux du Führer se leva dès qu'il les vit approcher.

— Je crois que vous avez un rapport pour le Führer, amiral.
— En effet, dit Canaris.
— Il voudrait le lire avant de vous voir.
— Bien sûr.

L'aide de camp prit le dossier et disparut derrière une porte. Canaris et ses deux compagnons s'assirent en l'attendant.

— Vous vous sentez bien ? demanda Canaris à Muller qui tremblait un peu.
— Mais enfin, amiral, comment voulez-vous que je me sente ? s'exclama le professeur. C'est le Führer que je vais voir ! Que dois-je lui dire ?
— Parlez le moins possible. (Et, avec une certaine ironie, il ajouta :) N'oubliez pas que c'est un grand homme. Alors, comportez-vous en conséquence.

La porte s'ouvrit, livrant passage à l'aide de camp.

— Messieurs, le Führer va vous recevoir.

Hitler était assis derrière son énorme bureau éclairé seulement par une lampe en bronze ; des ombres s'étiraient dans la pièce. Il referma le dossier qu'il était en train de consulter pour les accueillir.

— Vos rapports sont toujours aussi brillants, amiral. C'est un travail remarquable.
— Tout le mérite en revient au capitaine Ritter.

— Non, non, amiral, j'estime qu'il convient désormais de parler du *commandant* Ritter. D'ailleurs, je vous préviens, je vous l'enlèverai peut-être pour l'attacher à mon état-major particulier.

— Vous me faites un grand honneur, mon Führer, dit Ritter en se redressant.

Hitler quitta son bureau et s'approcha de Muller.

— Vous êtes bien le professeur Muller, n'est-ce pas ? Vous avez fait une découverte stupéfiante, et pourtant, vous la sacrifiez pour les intérêts du Reich.

Bien que tremblant de tous ses membres, Muller sut trouver les mots qui convenaient :

— C'est pour vous, mon Führer, pour vous.

Hitler lui administra une claque sur l'épaule.

— Un grand jour s'annonce, messieurs, le plus grand jour de l'histoire de l'Allemagne.

Il s'éloigna à pas lents, et la lampe du bureau projeta son ombre sur la carte du monde accrochée au mur. Il demeura un long moment pensif, les bras croisés sur la poitrine, puis se tourna vers eux.

— Vous pouvez y aller, messieurs.

L'amiral Canaris adressa un bref signe de tête à ses compagnons, et les trois hommes sortirent de la pièce.

Après avoir déposé Muller à l'université, Canaris demanda au chauffeur de les ramener à Tirpitz Ufer. Au coin d'une rue, ils aperçurent la vitrine éclairée d'un café. Canaris se pencha en avant :

— Arrêtez-vous là. (Puis, se tournant vers Ritter :) Un petit café accompagné d'un schnaps ? Nous allons fêter votre promotion, commandant.

— Volontiers, amiral.

Le café était presque désert et le propriétaire se précipita vers eux avec obséquiosité avant de les conduire à une stalle près d'une fenêtre. Canaris tira une cigarette de son étui et en offrit une à Ritter.

— Le Führer était ravi, dit l'amiral en soufflant la fumée. Mais Muller a été en dessous de tout. Ce type n'est pas assez solide.

— Je suis d'accord avec vous, répondit Ritter. Il nous faut un professionnel pour l'épauler.

Le propriétaire leur apporta le café et le schnaps sur un plateau, après quoi Canaris le congédia d'un geste de la main.

— Il faudra trouver quelqu'un, reprit l'amiral, un dur à cuir de l'Abwehr, quelqu'un de confiance.

— Pas de problème, amiral.

— Vous savez, Ritter, votre plan est tellement simple qu'il peut fort bien marcher.

Canaris remplit les deux verres.

— Je suis d'accord avec vous, dit Ritter.

— Il y a pourtant un problème.

— Lequel, amiral ?

— Ça ne nous fera pas gagner la guerre qui s'annonce, mon ami. Rien ne pourrait nous la faire gagner. Vous voyez, Hans, nous nous dirigeons tout droit en enfer, mais que ça ne nous empêche pas de boire à votre promotion !

Il leva son verre et le vida d'un trait.

DAHREIN
Août 1939

3

Kane se tenait sur le pont de la vedette, l'oreille aux aguets. Venu d'Afrique, le vent qui soufflait sur le golfe charriait avec lui un peu de la chaleur du jour.

Il n'y avait pas de lune ; pourtant, le ciel était lumineux, éclairé par des millions d'étoiles. Il inspira une grande goulée d'air frais et suivit du regard un banc de poissons volants qui jaillissaient des vagues dans une gerbe d'eau phosphorescente.

Une porte s'ouvrit, et la lumière du salon éclaboussa le pont ; Piroo, le marin indien, fit son apparition, une tasse de café fumant à la main.

Kane en avala une gorgée avec gratitude.

— Mmmm, c'est bon.
— La *Kantara* est en retard, ce soir, sahib.

Kane consulta sa montre.

— Presque deux heures du matin. Je me demande ce que fabrique ce vieux singe d'O'Hara.
— Peut-être encore le whisky.
— À tous les coups, dit Kane en souriant.

Il terminait son café quand Piroo lui posa la main sur le bras.

— Je crois qu'il arrive, sahib.

Kane tendit l'oreille. D'abord, il n'entendit que le clapotis des vagues contre la coque de la vedette et le murmure du vent, mais bientôt il perçut comme un doux ronronnement à la surface de l'eau. Puis, au loin, il reconnut le feu de position vert de la *Kantara*.

— Pas trop tôt, siffla-t-il.

Il gagna la cabine de pilotage et appuya sur le démarreur ; en toussotant, le moteur s'éveilla. Il attendit ensuite que le cargo ne fût plus qu'à quelques encablures pour aller se ranger doucement contre son flanc.

Le vieux cargo n'avançait pas à plus de deux ou trois nœuds. Piroo sortit les défenses, puis un lascar apparut sur le pont du navire et leur lança un filin que Piroo amarra rapidement. Ensuite, on déroula une échelle de corde, et Kane coupa le moteur avant de monter sur le pont.

La longue coque noire striée de rouille s'élevait au-dessus de la vedette. En grimpant à l'échelle, Kane se demanda une fois de plus comment ce tas de ferraille parvenait encore à naviguer.

— Où est le capitaine ? demanda-t-il en hindi.

Le lascar haussa les épaules.

— Dans sa cabine.

Il grimpa rapidement sur le pont supérieur et frappa à la porte du capitaine. Pas de réponse. Il attendit encore un peu avant de pénétrer à l'intérieur. La cabine était plongée dans l'obscurité et il y régnait une puanteur effroyable. Il réussit à trouver l'interrupteur et alluma la lumière.

O'Hara était allongé sur sa couchette, en slip et tricot de corps, sa bouche ouverte révélant des dents jaunes en mauvais état. Les mouvements du navire faisaient rouler sur le sol des bouteilles de whisky vides ; Kane grimaça de dégoût et regagna le pont.

Un autre lascar l'attendait.

— Le second, il dit vous aller sur la passerelle.

Kane s'y rendit en empruntant une échelle en fer et trouva Guptas, le second, installé à la barre. Sa tête enturbannée se détachait dans la lumière de l'habitacle.

Kane s'appuya contre le chambranle de la porte et alluma une cigarette.

— Ça fait combien de temps qu'il est comme ça ?

— Depuis qu'on a quitté Aden, répondit Guptas. Il va lui falloir deux jours de sommeil pour s'en remettre, de celle-là.

— Quelle façon de commander un bateau ! lança Kane. Et à part ça, qu'est-ce qui s'est passé, cette fois ? Pourquoi n'êtes-vous pas allés à Dahrein en revenant de Bombay, comme d'habitude ?

— Parce qu'on avait une cargaison pour Mombassa. Et puis après ça, on s'est arrêtés à Aden.

— Skiros n'était pas très content, dit Kane. J'imagine que vous avez quand même la marchandise.

Guptas acquiesça.

— Ils doivent être en train de la remonter, en ce moment. Au fait, on a une passagère pour ce voyage.

— Une passagère ? s'écria Kane, incrédule. Sur ce rafiot ?

— Une Américaine, expliqua Guptas. Elle était pressée de quitter Aden. On était le seul bateau à partir, et le Catalina ne devait pas passer avant une semaine.

D'une pichenette, Kane lança par-dessus bord sa cigarette qui décrivit une spirale lumineuse dans le noir.

— Dans ce cas, je ne vais pas traîner. Inutile de la réveiller. Elle pourrait se montrer curieuse.

Guptas hocha la tête en signe d'assentiment.

— Ça me paraît plus prudent. À part ça, il s'est produit quelque chose de bizarre, hier, juste avant l'aube.

— Quoi donc ?

— Le Catalina. Celui de Romero. On l'a vu au

loin, à une cinquantaine de kilomètres, il s'est posé le long d'un cargo portugais, et ils ont embarqué des caisses.

— Bah, c'est exactement ce qu'on est en train de faire en ce moment ! Ça veut dire que Romero fait aussi un peu de contrebande. On a tous besoin de s'en sortir. Bon, je vous revois le mois prochain.

Il redescendit l'échelle métallique jusqu'au pont inférieur et, penché sur le bastingage, observa les deux lascars qui descendaient à Piroo, sur le pont de la vedette, un bidon d'essence au bout d'un filin.

— Vous avez du feu ? demanda une voix derrière lui.

Il se retourna avec vivacité. Elle était plutôt grande, et son visage rond lui donnait une allure un peu molle, que venait corriger le dessin ferme de sa bouche. Elle portait un léger cache-poussière et un foulard sur les cheveux.

Il lui tendit une allumette dans ses mains en coupe.

— Il est un peu tard pour une promenade sur le pont, fit-il observer.

— Je n'arrivais pas à dormir. Sur ce bateau, les passagers n'ont guère de distractions.

— Je vous crois volontiers.

— C'est un drôle d'endroit pour rencontrer un compatriote.

— De nos jours, on trouve des Américains partout, répondit-il en souriant.

Elle se pencha par-dessus le bastingage et observa la vedette.

— J'imagine que c'est votre bateau.

Il acquiesça.

— Je viens de Dahrein, où je fais de la pêche en eau profonde. J'ai été pris dans une tempête et je me suis retrouvé à court de carburant. J'ai eu de la chance de tomber sur la *Kantara*.

— Oui, certainement.

Son parfum flottait dans l'air et, pour quelque

raison inconnue de lui, il ne trouva rien d'autre à dire. À ce moment-là, Piroo l'appela depuis le pont de la vedette.

— Il faut que j'y aille, dit-il.

— Les navires s'évanouissent dans la nuit, lança-t-elle d'un air faussement rêveur.

Il descendit rapidement l'échelle de corde et Piroo lança l'amarre dans l'eau. La *Kantara* s'éloigna très vite et, lorsqu'il leva les yeux, il aperçut dans les lumières du pont la silhouette de la femme accoudée au bastingage, qui les regardait disparaître dans l'obscurité.

Il s'efforça de la chasser de son esprit, car il y avait des tâches urgentes à accomplir. Le bidon de sept litres d'essence traînait encore sur le pont, là où Piroo l'avait posé. Kane y jeta un bref coup d'œil et se rendit dans le salon.

Lorsque Kane revint sur le pont, en maillot de bain, Piroo se tenait déjà là, avec une grosse lampe sous-marine attachée à une corde et reliée au système d'alimentation électrique du bateau.

Aidé de Piroo, Kane disposa sur son dos une bouteille d'oxygène, mit son masque de plongée et bascula par-dessus bord.

Il se retrouva seul dans un univers de silence, comme s'il flottait dans l'espace, baigné d'une lueur phosphorescente, tandis qu'autour de lui affluaient des poissons transparents attirés par la lueur de la lampe.

Quelques instants plus tard, il vit descendre le bidon d'essence au bout d'une corde et l'attacha aux deux anneaux rivetés dans la quille du bateau.

Après avoir bien assuré le nœud, il se retourna pour admirer les bancs de poissons qui illuminaient les profondeurs comme autant de flammes de bougie. Un banc de barracudas passa devant lui en éclairs d'argent, et un requin de deux mètres cinquante s'immobilisa, hypnotisé par la lueur de sa lampe, puis s'avança vers lui. Kane retira l'embout de sa bouteille et cracha un chapelet de bulles d'air. D'un coup de queue, le requin modifia sa trajectoire et disparut dans l'obscurité.

Kane revint rapidement à la surface, et Piroo l'aida à se hisser sur le bateau.

— Tout s'est bien passé, sahib ?

Kane défit le harnais de sa bouteille et hocha la tête.

— Oui, oui, très bien. Il y a un requin qui est venu voir, mais il avait envie de jouer.

L'Indien sourit en découvrant deux rangées de dents d'une blancheur éclatante et lui tendit une serviette. Kane descendit au salon. Il avait eu froid dans l'eau, il se frotta vigoureusement pour se réchauffer.

Lorsqu'il remonta sur le pont, le vent avait fraîchi. Piroo lui apporta un café bien chaud. En le buvant à petites gorgées, Kane vit disparaître à l'horizon les lumières de la *Kantara* et songea à la femme qu'il avait rencontrée à bord.

Elle était très attirante. Que pouvait-elle bien faire sur un rafiot comme la *Kantara* ?

L'espace d'un instant, il crut respirer comme le souvenir de son parfum dans l'air de la nuit... Il gagna le poste de pilotage et remit le moteur en route.

4

Ils arrivèrent à Dahrein en début d'après-midi. Alors qu'ils contournaient le cap hérissé de maisons blanches, un deux-mâts, ses voiles latines gonflées par la brise du golfe, quittait le port pour un long voyage qui devait le mener jusqu'en Inde.

Amarrée au quai, la *Kantara* procédait au déchargement de sa cargaison. Sur le sable blanc de la plage, des pêcheurs réparaient leurs filets avec patience, tandis que de petits enfants nus jouaient au bord de l'eau.

Kane coupa le moteur et fit un signe à Piroo qui se tenait à la proue, l'ancre à la main. Dans une gerbe d'écume, elle disparut dans l'eau verte du port. Pendant un moment encore, la vedette continua de dériver, puis s'immobilisa à une cinquantaine de mètres de la jetée en pierre à moitié écroulée qui bordait le côté est du port.

Piroo disparut dans la cabine, et Kane sortit du poste de pilotage. Il alluma une cigarette et s'appuya au bastingage, un pied sur la rambarde en cuivre, la visière de sa vieille casquette tachée de sel rabattue sur ses yeux pour les protéger de la lueur aveuglante du soleil.

L'homme était grand, solidement bâti, ses cheveux châtains décolorés par le soleil auraient eu besoin d'une bonne coupe, et cela faisait trois jours qu'il ne s'était pas rasé. Il avait la peau tannée par le soleil, les pommettes saillantes, les yeux profondément enfoncés dans les orbites, dépourvus d'expression, regardant toujours à mi-distance, ou au loin, comme s'il cherchait quelque chose.

Alors qu'il contemplait le port, une petite barque à rames apparut entre deux boutres amarrés à quai. Un gros barbu en uniforme kaki chiffonné, coiffé d'un keffieh blanc, excitait du geste et de la voix le rameur, un Arabe puissamment musclé. Piroo tendit à Kane un grand verre de gin où tintaient des glaçons et murmura :

— Peut-être que le capitaine González va vouloir fouiller le bateau, sahib.

Kane haussa les épaules.

— Il est payé pour ça.

Il dégusta sa boisson à petites gorgées gourmandes tout en observant la barque approcher. Finalement, González leva vers lui un visage luisant de sueur, agitant vainement un éventail japonais pour éloigner les mouches, et lui sourit.

Kane lui rendit son sourire.

— La chaleur a l'air de vous accabler, Juan.

González lui répondit dans un anglais impeccable :

— Il était de mon devoir d'accueillir à quai le bateau d'Aden qui amenait le courrier, sans ça, croyez-moi, je ne me serais pas déplacé. (Il s'essuya le visage avec le bord de son keffieh.) D'où venez-vous, cette fois-ci ?

Kane termina son verre et le tendit à Piroo, qui se tenait toujours à ses côtés, un peu en retrait.

— De Mukalla, dit-il. J'avais des lettres à prendre pour Marie Perret.

González s'embrassa le bout des doigts.

— Ah, la délicieuse Mlle Perret ! Nous sommes des bienheureux parce que ici, sur terre, nous avons déjà un avant-goût du paradis. Vous avez une cargaison ?

— On a essayé d'attraper un requin au retour, mais il m'a emporté la moitié de ma ligne avec l'hameçon.

— Ah, ces Américains ! lança González avec un geste de la main qui aurait pu signifier n'importe quoi. Vous avez toujours tellement d'énergie ! Et pour quoi faire, je vous le demande ?

— Vous voulez monter à bord faire une inspection ? demanda Kane.

— Pourquoi irais-je insulter un ami ? répondit González en faisant signe à son rameur de s'éloigner. Je vais me dépêcher de rentrer chez moi, pour boire un grand verre de liquide glacé et retrouver les mains fraîches de ma femme.

Kane regarda la barque s'éloigner entre les boutres de pêche amarrés à quelques encablures de la plage, jeta son mégot de cigarette dans l'eau et lança à Piroo :

— Je crois que je vais prendre un bain. Toi, tu laveras le pont, et ensuite tu pourras aller retrouver cette fille à terre.

Kane descendit dans la cabine et en ressortit quelques instants plus tard vêtu seulement d'un short kaki, un couteau à manche de corne pendu à la ceinture.

Piroo, lui, penché sur le bastingage, halait à bord un seau en toile ruisselant d'eau. Il en vida le contenu sur le pont, puis relança le seau à la mer.

Kane ne prit pas la peine de mettre un masque. Il plongea dans l'eau verte du port et se retrouva bientôt sous la quille du bateau où le bidon d'essence était toujours amarré. Il coupa la corde avec son couteau et déposa le bidon dans le seau de toile que Piroo venait de faire descendre à côté de lui. Un coup sec sur la corde, et l'Indien récupéra le seau.

Kane n'était pas pressé. Il plongea jusqu'au fond

de sable blanc, puis se laissa remonter lentement, paresseusement, dans un tourbillon de bulles d'air. Arrivé à la surface, il trouva le pont vide. Il se hissa sur le bateau et se sécha avec la serviette soigneusement pliée qui l'attendait, puis il se rendit dans la cabine.

Il y trouva Piroo, accroupi, serrant entre ses jambes le bidon dont il ouvrait le couvercle avec un ciseau. Il introduisit une main à l'intérieur et en retira un paquet enveloppé de toile goudronnée.

— Je l'ouvre, sahib ?

— Non. Il faut laisser ce plaisir à Skiros. Après tout, c'est lui qui nous paye. Cela dit, il vaudrait mieux se débarrasser de ce bidon.

D'un air pensif, Kane jeta le paquet sur la table et se sentit tout à coup envahi de fatigue ; cela faisait vingt-quatre heures qu'il n'avait pas dormi.

Au moment où il fermait les yeux, il entendit le bruit caractéristique d'une barque heurtant le flanc de sa vedette. Piroo fit son apparition dans l'encadrement de la porte.

— C'est Sélim, sahib.

Kane demeura un instant assis sur le rebord de sa couchette, les sourcils froncés. Puis il glissa la main sous l'oreiller et en sortit un Colt automatique de calibre 45. Il le passa dans sa ceinture et gagna le pont.

Un Arabe de haute taille se hissait par-dessus le bastingage. Il était vêtu d'une robe d'un blanc immaculé et son keffieh était retenu par des cordelettes de soie noire. Ses yeux au regard froid brillaient dans son visage cuivré, et une cicatrice prolongeait ses lèvres minces avant d'aller se perdre dans la barbe.

— Qu'est-ce que vous voulez ? demanda Kane d'un ton dur.

Sélim caressa du bout des doigts la garde en argent du poignard recourbé pendu à sa ceinture.

— C'est Skiros qui m'envoie. Je suis venu chercher le paquet.

— Eh bien, retournez voir Skiros et dites-lui de venir lui-même. Je ne reçois pas n'importe qui sur mon bateau !

— Un jour, vous dépasserez les bornes, dit doucement Sélim. Un jour, il faudra peut-être que je vous tue.

— Mon Dieu, qu'est-ce que j'ai peur !

L'Arabe eut du mal à maîtriser sa colère :

— Le paquet !

Kane tira le Colt de sa ceinture et arma le chien.

— Descendez de mon bateau !

Un silence lourd de menace suivit ses paroles. Sur le quai, un ouvrier faisait rouler un fût d'essence vide, dans un fracas de ferraille. La main de Sélim se crispa sur le manche de son poignard. Kane s'avança d'un pas et, d'un coup de pied rapide, envoya l'homme par-dessus bord.

Les deux marins arabes qui se trouvaient dans la barque hissèrent en toute hâte leur maître à bord. Ce dernier demeura un instant à tousser et à cracher de l'eau, sa robe trempée collée au corps.

Kane le regardait, le pied sur le plat-bord, le Colt négligemment en main. Sélim lui lança un bref regard, puis, d'un claquement de doigts, ordonna à ses rameurs de s'éloigner.

Le long de la jetée, à côté du cargo rouillé, un trois-mâts avait jeté l'ancre. Kane reconnut le bateau de Sélim, la *Farah*.

Piroo secoua la tête, l'air ennuyé.

— Il fallait pas faire ça, sahib. Sélim va jamais oublier.

— Ça me regarde, répondit Kane en bâillant. Je crois que je vais aller dormir un moment. Préviens-moi quand Skiros sera là.

Piroo opina du chef et s'accroupit sur le pont, le dos appuyé au bastingage.

Dans la cabine, Kane glissa à nouveau son Colt

sous l'oreiller, se versa un verre, alluma une cigarette et s'allongea sur la couchette. Les yeux au plafond, observant la façon dont le souffle de l'appareil à air conditionné enroulait en spirales bleues la fumée de sa cigarette, il songea à Sélim.

L'homme était connu dans tous les ports, de la mer Rouge au golfe Persique, et trafiquait tout ce qui pouvait lui rapporter, depuis l'or jusqu'aux armes, en passant par les êtres humains. C'était cette dernière activité qui donnait à Kane envie de vomir. La plupart des pays arabes étaient encore demandeurs d'esclaves, notamment de femmes, et Sélim faisait de son mieux pour satisfaire cette demande. Sa spécialité, c'était les jeunes filles.

Kane s'amusa à imaginer la réaction de Sélim si la *Farah* était victime d'un accident. Il lui restait de cet explosif résistant à l'eau qu'il avait utilisé à Mukalla. L'idée était plaisante.

Ses yeux se fermèrent et l'obscurité l'enveloppa tout à fait.

Il dormait depuis moins d'une heure lorsqu'il fut réveillé par une douce pression à l'épaule. Piroo se tenait à côté de la couchette.

Kane se redressa sur un coude.

— Qu'est-ce qu'il y a ?... C'est Skiros ?

L'Indien acquiesça gravement.

— Il attend sur la jetée, sahib.

Kane s'étira.

— Bon, va le chercher avec le youyou.

Les deux hommes gagnèrent le pont et Kane aperçut Skiros sur la jetée, vêtu d'un complet blanc taché et coiffé d'un large panama.

Piroo descendit dans le youyou et se dirigea rapidement vers lui. Skiros leva alors sa canne en jonc et lança d'une voix forte :

— Je peux venir sans danger ? J'ai déjà pris un bain, aujourd'hui.

— Il y a un verre qui vous attend ! répondit Kane avec un signe de la main.

Il regarda Skiros descendre l'échelle de fer jusqu'au youyou, puis regagna sa cabine. Il avait déjà sifflé deux gin-sling lorsque le youyou heurta le flanc de la vedette. Un instant plus tard, Skiros venait le rejoindre en faisant craquer les marches. Il se laissa tomber sur une chaise avec un grognement sourd.

— Mais bon sang, pourquoi faut-il que vous jetiez l'ancre en plein milieu du port ? Vous ne pouvez pas vous amarrer à quai, comme tout le monde ?

Des filets de sueur ruisselaient sur son visage gras et venaient maculer sa veste. Il tira de sa poche un grand mouchoir rouge, s'épongea le front, puis ôta son panama et s'en servit d'éventail. Ses cheveux, luisants de gomina, étaient soigneusement peignés, et une lueur de ruse dansait dans ses petits yeux noirs.

Kane lui tendit un des deux verres.

— Vous devriez me connaître, depuis le temps. Dans cette foutue ville, je ne fais confiance à personne. Disons que je préfère que mon château flottant soit entouré de fossés.

— Ah, ces Américains ! s'exclama Skiros. Je ne vous comprendrai jamais. (Il goûta son cocktail d'un air approbateur puis posa le verre sur la table.) J'ai entendu dire que vous aviez eu des petits problèmes avec Sélim ?

Kane prit une cigarette.

— Je n'appellerais pas ça des problèmes. Je l'ai simplement viré de mon bateau. Au fait, depuis quand travaille-t-il pour vous ?

Le Grec haussa les épaules et prit son temps pour allumer un petit cigare noir et graisseux.

— Il m'est utile, à l'occasion. Il se rend en Inde de temps en temps pour moi. Je ne vous l'ai envoyé, cet après-midi, que parce que j'étais occupé à autre chose.

— Eh bien, ne me l'envoyez plus, dit Kane, l'air mécontent. Il pue. Un jour, j'ai recueilli à trois milles de la côte quatre esclaves qu'il avait jetés par-dessus bord parce qu'il était poursuivi par un patrouilleur britannique.

Skiros leva la main en un geste d'apaisement.

— D'accord, d'accord, vous n'aimez pas la façon dont il gagne de l'argent, mais laissez-moi quand même vous avertir : cet après-midi, vous l'avez humilié. À partir de maintenant, je me méfierais, si j'étais vous.

Kane poussa à travers la table le paquet enveloppé de papier goudronné.

— Venons-en à nos affaires.

Skiros tira un couteau de sa poche et entreprit d'ouvrir délicatement le paquet.

— Vous avez eu des problèmes ?

Kane secoua la tête.

— Je suis arrivé au rendez-vous un peu après minuit. Le bateau avait du retard, et O'Hara était soûl, comme d'habitude. C'était Guptas qui pilotait. Il m'a dit quelque chose d'intéressant.

— Ah bon, quoi ?

— Ils ont vu le Catalina, à une trentaine de milles de la côte, qui embarquait des caisses d'un cargo portugais.

Skiros se mit à rire.

— Alors, Romero aussi s'est mis aux tripatouillages. Ça, c'est intéressant. Et la douane, à votre arrivée ?

— Aucun ennui de ce côté-là. González n'est même pas monté à bord. Toute cette histoire avec le bidon d'essence sous la quille, c'était du temps perdu.

— Dans ce genre d'affaires, déclara Skiros d'un ton sentencieux, rien n'est jamais une perte de temps. Le jour où vous vous y attendrez le moins, l'envie lui prendra d'effectuer correctement son travail.

Il ôta le dernier papier d'emballage, révélant des liasses de roupies indiennes.

D'un air incrédule, Kane regarda Skiros compter les billets.

— Je n'ai jamais compris cette embrouille. De l'or échangé contre des roupies indiennes !

— Tout ça n'est qu'une question de taux de change. Dans le monde moderne, il est vraiment très facile de gagner de l'argent. Il n'y a plus aucun besoin de voler. (Son visage était à nouveau luisant de sueur, et, la main posée sur une liasse de billets, il laissa échapper un soupir.) Ah, mon ami, si vous saviez l'effet que l'argent a sur moi ! Quand je suis venu de Goa il y a six mois, je ne savais pas à quel point cet endroit était une mine d'or.

Kane se versa un autre verre.

— Pourquoi n'en dépensez-vous pas un peu, de temps en temps ?

— J'ai grandi dans une ferme, dans les montagnes du nord de la Grèce. Les champs, c'était surtout de la caillasse. Ma mère était déjà vieille à vingt-cinq ans, et une année, quand les récoltes ont été perdues à cause de la sécheresse, mes deux sœurs sont mortes de faim. C'est quelque chose que je n'ai jamais oublié. Voilà pourquoi je consacre ma vie à gagner de l'argent. Je jubile en regardant grossir mon compte en banque, et je maudis le moindre penny que je suis obligé de sortir.

— Puisqu'on parle de paiement, dit Kane en souriant, je vais vous demander ma rétribution tout de suite. En dollars, comme d'habitude, si ça ne vous dérange pas.

Skiros partit d'un énorme éclat de rire qui fit trembler son imposante bedaine.

— Mais je ne vous oubliais pas, mon ami. Vous êtes quand même une pièce maîtresse de mon organisation.

— Épargnez-moi la pommade et allongez l'oseille.

Skiros sortit un gros portefeuille de sa poche et se mit à compter des coupures de cent dollars. Il avait les mains moites et c'était à regret qu'il posait les billets sur la table. Une fois arrivé à vingt, il s'arrêta un moment avant d'en ajouter cinq.

— Et voilà, mon ami. Nous étions convenus de deux mille dollars, mais je monte jusqu'à deux mille cinq cents. On ne pourra pas dire que Skiros ne récompense pas le travail bien fait.

Kane rangea les billets dans le tiroir de la table.

— Espèce de vieux requin ! Vous savez bien que la plus grande partie finira par vous revenir, soit au bar de votre hôtel, soit aux tables de jeu.

Skiros éclata de rire à nouveau, faisant presque disparaître ses yeux sous des replis de peau, et se leva.

— Il faut que j'y aille, maintenant. (Il se dirigea vers l'échelle, mais s'immobilisa après quelques pas et se retourna vers Kane.) Une femme est arrivée d'Aden en bateau, cet après-midi. Une Américaine du nom de Cunningham... Mme Ruth Cunningham. Très, très jolie. Elle vous a demandé.

La surprise se peignit sur les traits de Kane.

— Je ne connais personne de ce nom-là.

— En tout cas, elle, elle vous connaît, ou du moins elle a entendu parler de vous. Elle est descendue à mon hôtel. Quand je lui ai dit que j'allais vous voir, elle m'a chargé de vous transmettre un message : elle voudrait vous rencontrer. Elle a dit que c'était très important.

Kane s'appuya des deux mains sur la table, les sourcils froncés. Il y eut un instant de silence.

— Vous viendrez ? demanda Skiros.

Kane se redressa.

— Bien sûr, bien sûr. Je passerai ce soir.

— Bon, je le lui dirai. N'ayez pas l'air si inquiet.

Ce n'est peut-être qu'une touriste qui veut louer votre bateau pour aller pêcher le long des récifs.

Kane hocha lentement la tête.

— Oui, vous devez avoir raison.

Mais il n'en croyait pas un mot et, après le départ de Skiros, il se rallongea sur sa couchette et se prit à songer à cette Ruth Cunningham. Ce nom, pourtant, ne lui disait absolument rien.

Il jeta un coup d'œil à sa montre. Un peu plus de trois heures. Il resta étendu encore un instant, puis, avec un soupir d'exaspération, il s'habilla.

Un vieux pantalon, un chandail en coton léger, et il monta sur le pont. Piroo était adossé au bastingage, la tête sur la poitrine, de sorte qu'on n'apercevait que le sommet de son turban blanc. Kane le poussa délicatement du bout du pied, et l'Indien se leva prestement.

— Je vais à terre, dit Kane. Et toi, qu'est-ce que tu fais ?

— Je crois que je vais rester à bord, sahib. Tout à l'heure, peut-être. Je vais vous conduire à terre avec le youyou. Il vaut mieux que je reste à bord. Sélim pourrait revenir.

— Tu as peut-être raison. Si jamais il revient, tu trouveras mon Colt sous mon oreiller. N'hésite pas à t'en servir. J'ai plus d'amis que lui dans le coin.

Les deux hommes descendirent dans le youyou que Piroo conduisit à la rame jusqu'à la jetée de pierre branlante. Kane grimpa l'échelle métallique et aperçut alors, à quelques mètres de là, une femme assise sur une grosse pierre et qui le regardait.

Elle se leva à son approche. Elle était vêtue d'une luxueuse robe en lin blanc, portait des lunettes de soleil et avait noué sur ses cheveux, à la paysanne, un foulard en soie bleue.

Lorsqu'elle ôta ses lunettes, il la reconnut : c'était la femme qu'il avait rencontrée la nuit précédente à bord de la *Kantara*.

— Encore vous ! s'exclama-t-elle, au comble de l'étonnement. Mais je cherchais le capitaine Kane... Le capitaine Gavin Kane.

— C'est moi. Vous devez être madame Cunningham. Que puis-je pour vous ?

Elle ne semblait pas encore revenue de son étonnement.

— Eh bien... M. Andrews, le consul des États-Unis à Aden, m'a conseillé de m'adresser à vous. Il m'a dit que vous étiez archéologue et spécialiste de l'Arabie du Sud.

Un léger sourire apparut sur le visage de Kane.

— Vous voulez dire que je n'en ai pas l'air ? Je peux vous confirmer qu'Andrews a raison : je suis bien archéologue, et, entre autres choses, je connais bien l'Arabie du Sud. En quoi puis-je vous être utile ?

Les yeux gris de la femme s'attardèrent un instant sur le port, puis se tournèrent vers lui.

— Je veux que vous retrouviez mon mari, et je suis prête à payer très cher vos services.

Il alluma une cigarette avec lenteur.

— Combien ?

— Cinq mille dollars tout de suite, et cinq mille supplémentaires si vous le retrouvez.

Ils se dévisagèrent un long moment, puis Kane laissa échapper un soupir.

— Allons discuter de tout cela devant un verre bien glacé. Je connais un endroit.

Il la prit par le bras et ils se dirigèrent vers le front de mer.

5

Sur le chemin de l'hôtel, ils parlèrent peu. Ruth Cunningham remit ses lunettes de soleil et entreprit, avec un visible intérêt, d'examiner ce qui l'entourait, tandis que Kane en profitait pour l'étudier, elle.

En arrivant au coin de la jetée et du front de mer, il conclut que Skiros s'était trompé : elle n'était pas très, très jolie, elle était tout simplement magnifique. Sa robe en lin, très sobre, mettait en valeur l'élégance de ses formes, tout en longueur. Cela faisait longtemps qu'il n'avait pas parlé à une femme comme elle, à une femme de son monde.

L'hôtel était un bâtiment haut et étroit à la façade décrépie. À l'intérieur, un ventilateur poussif brassait l'air étouffant.

Le bar de l'hôtel était désert, et par les baies vitrées donnant accès à la terrasse leur parvenait la faible brise venue du port. Ruth Cunningham ôta ses lunettes de soleil.

— Il n'y a pas de serveurs ? demanda-t-elle, l'air surpris.

— Il n'y a presque jamais de clients l'après-midi : la plupart des gens font la sieste, répondit-il en passant derrière le bar. Vous ne voulez pas aller sur la terrasse pendant que je vous prépare quelque chose à boire ? Avec ce petit vent qui vient de la mer, il fait un peu plus frais qu'à l'intérieur.

Elle acquiesça et alla s'asseoir dans un large fauteuil en osier abrité par un parasol de guingois. Kane ouvrit la vieille glacière et en tira deux bouteilles de bière, si froides qu'une fine pellicule de givre les recouvrait. Il les décapsula sur le rebord du comptoir en zinc, les vida dans deux verres et rejoignit la jeune femme.

Elle lui sourit avec gratitude et avala aussitôt une longue gorgée.

— J'avais oublié qu'une bière pouvait être aussi glacée, dit-elle avec un soupir de contentement. Cet endroit est une véritable fournaise. Franchement, je n'arrive pas à comprendre qu'on puisse choisir de vivre ici.

Il lui offrit une cigarette.

— Oh, il y a parfois des raisons.

— Jusqu'ici, elles m'échappent, lança-t-elle avec un petit sourire.

Elle s'enfonça dans le coussin défraîchi de son fauteuil.

— M. Andrew m'a dit que vous êtes de New York, et que vous avez été assistant d'archéologie à l'université de Columbia.

— C'était il y a longtemps.

— Vous êtes marié ? demanda-t-elle d'un ton détaché.

— Divorcé. Ma femme et moi, on ne s'est jamais vraiment entendus.

— Excusez-moi si j'ai été indiscrète, dit Ruth Cunningham en rougissant légèrement. J'espère que vous n'êtes pas fâché.

— Pas du tout. Vous savez, tout le monde peut faire des erreurs. Ma femme, par exemple, croyait que les professeurs d'université étaient bien payés.

— Et votre erreur à vous ?

— C'était de croire que je pouvais me satisfaire de la vie calme et bien rangée d'un universitaire. En fait, j'avais choisi cela surtout pour Lilian. D'une certaine façon, elle m'a rendu une liberté à laquelle j'aspirais.

— Alors, vous êtes venu au Moyen-Orient.

— Pas tout de suite. L'armée de l'air proposait une formation de pilote pendant un an, à plein temps, puis quatre ans dans la réserve. C'est ce que j'ai fait. Je ne suis venu dans la région qu'après. Il y a six ans, j'ai participé à l'expédition américaine en Jordanie, et puis j'ai un peu travaillé pour le gouvernement égyptien, mais ça n'a pas duré longtemps. Ensuite, j'ai accompagné à Dahrein un archéologue allemand qui avait besoin de quelqu'un sachant parler arabe. Après son départ, je suis resté.

— Vous n'avez jamais envie de rentrer aux États-Unis ?

— Pour y faire quoi ? Pour être assistant à l'université et enseigner l'histoire ancienne à des étudiants que ça n'intéresse pas ?

— Dahrein a quelque chose de mieux à vous offrir ?

— Oui. Il y a quelque chose d'envoûtant dans cette région. Autrefois, on l'appelait l'Arabie heureuse. C'était l'une des régions les plus prospères du monde antique, parce qu'elle se trouvait sur la route des épices entre l'Inde et la Méditerranée. Maintenant, ce n'est plus qu'un désert, mais là-bas, dans les collines, et plus au nord, au Yémen, c'est une véritable mine d'or pour les archéologues. Il y a de nombreuses villes, certaines en ruine — comme Marib, où a probablement vécu la reine de Saba —, d'autres enfouies sous le sable depuis des siècles.

— Je vois que l'archéologie reste pour vous une passion.

— C'est vrai, mais enfin, nous ne sommes pas

venus ici pour parler de moi, madame Cunningham. Vous ne croyez pas qu'il serait temps que nous parlions de votre mari ?

Elle tira de son sac un étui en or extrêmement plat et prit une cigarette qu'elle tapa d'un air pensif sur l'ongle de son pouce.

— Je ne sais pas vraiment par où commencer... Eh bien, j'ai rencontré John Cunningham au cours d'une soirée, aux États-Unis. Il est anglais, diplômé de l'École des études orientales de Londres, et il était venu enseigner pendant un an à Harvard, en qualité d'assistant. Nous nous sommes mariés.

— Comme ça, simplement ? demanda Kane, surpris.

Elle acquiesça.

— Il était grand, distingué, très britannique. Je n'avais jamais rencontré personne comme lui auparavant.

— Et quand les ennuis ont-ils commencé ?

Elle sourit un peu.

— Vous êtes très perspicace, capitaine Kane. (Pendant un moment, elle garda les yeux baissés sur son verre.) Pour être franche, presque tout de suite. Très rapidement je me suis rendu compte que j'avais épousé un homme de principes, bien décidé à faire ce qu'il avait envie de faire.

— Ça me paraît plutôt bien.

— Pas pour mon père. Il voulait que John rejoigne son entreprise, mais lui ne voulait pas en entendre parler.

— Effectivement, il a l'air de savoir ce qu'il veut. Que s'est-il passé, ensuite ?

— Nous nous sommes installés à Londres. John avait un poste de chercheur à l'université. Bien sûr, il ne gagnait pas beaucoup d'argent, mais mon père me versait une généreuse allocation.

— Pour vous permettre de conserver le niveau

de vie auquel vous étiez habituée ? demanda-t-il d'un ton amusé.

— C'était à peu près ça, dit-elle en rougissant un peu.

— Et ça ne plaisait pas à votre mari ?

Elle se leva, gagna le bord de la terrasse et se prit à contempler le port.

— Non, dit-elle, ça ne lui plaisait pas du tout. Il n'avait accepté cet arrangement que parce qu'il m'aimait.

Lorsqu'elle revint à la table et se laissa tomber dans son fauteuil, il se rendit compte qu'elle était au bord des larmes. Il posa doucement la main sur la sienne.

— Voulez-vous une autre bière ?

Elle secoua la tête. Il n'insista pas.

D'un geste rapide et gracieux, elle remit en place une mèche de cheveux et poursuivit :

— Vous savez, mon père s'est fait sa situation à la force du poignet. Il a dû lutter toute sa vie, et il a dit ouvertement à Johnny qu'il avait une piètre opinion de lui.

— Quelle a été la réaction de votre mari ?

— Moi, je voulais continuer à vivre comme je l'avais toujours fait, et pour cela il me fallait de l'argent à moi. John a commencé à se sentir mal à l'aise. Petit à petit, il s'est replié sur lui-même. Il passait de plus en plus de temps à l'université, à travailler à ses recherches. C'est un peu fou, mais j'ai l'impression qu'il voulait se faire un nom.

— Ça me paraît logique, fit observer Kane. Et puis, j'imagine qu'un jour il est parti ?

— Oui, un soir, il n'est pas rentré de l'université. Il avait laissé une lettre pour moi à son bureau. Il me disait de ne pas m'inquiéter : il venait de découvrir quelque chose de très important et il devait s'absenter quelques semaines.

— Ça n'explique toujours pas pourquoi vous venez le rechercher ici, à Dahrein.

— J'y viens. Il y a quatre jours, j'ai reçu un paquet du consulat britannique à Aden. Il contenait un certain nombre de documents et une lettre de John qui me disait qu'il prenait un caboteur pour Dahrein. De là, il comptait se rendre à Shabwa. Il avait donné pour instructions au consul de me remettre ce paquet s'il ne l'avait pas lui-même réclamé dans les deux mois.

Kane ne cacha pas sa stupéfaction.

— Mais la région de Shabwa est très dangereuse. Elle se trouve en bordure du Quartier vide, un des plus vastes déserts de la terre. Qu'est-ce qu'il allait faire là-bas ?

Elle eut un moment d'hésitation.

— Avez-vous entendu parler d'Ashtar, capitaine Kane ?

— C'est une ancienne déesse arabe, l'équivalent de Vénus. Elle était adorée à l'époque de la reine de Saba.

— C'est bien ça. La reine de Saba était également la grande prêtresse du culte d'Ashtar... Mon mari a des raisons de croire que les ruines du grand temple bâti par la reine de Saba en l'honneur d'Ashtar se trouvent quelque part dans le Quartier vide, ajouta-t-elle après une pause.

Kane la considéra un instant avec stupéfaction.

— Vous savez, madame Cunningham, si c'est vraiment ça qu'est parti chercher votre mari, je comprends pourquoi vous n'avez plus reçu de nouvelles de lui. Là-bas, il n'y a que le sable, la chaleur et la soif.

— Mon mari avait des raisons de se rendre làbas. Il y a quelques mois, il a fait une découverte stupéfiante. Depuis un certain temps déjà, il travaillait à la traduction de vieux manuscrits arabes et de parchemins, dont beaucoup provenaient du monastère Sainte-Catherine, sur le mont Sinaï. Et puis un jour, il s'est aperçu que sur l'un d'eux, on avait effacé des inscriptions anciennes avant de réécrire par-dessus. Grâce à des équipements particuliers de l'université, il est arrivé à reconstituer le texte original.

Kane commençait à se montrer intéressé.

— Il était aussi écrit en arabe ?

— Non, en grec. C'était le récit d'une mission spéciale effectuée par un aventurier grec nommé Alexias, qui servait dans la Xe légion de l'armée romaine. Avez-vous déjà entendu parler d'un général romain nommé Aelius Gallus ?

— Oui, il a essayé de conquérir l'Arabie du Sud en 24 avant J.-C. Il est descendu jusqu'au Saba et il a mis à sac la ville de Marib. Mais, sur le chemin du retour, il a perdu presque toute son armée dans le désert.

— D'après Alexias, ajouta Ruth Cunningham, ils ont poussé plus au sud jusqu'à Timna, et ils ont ensuite marché sur Shabwa. C'est là qu'Aelius Gallus a entendu parler du temple de Saba. Il était censé se trouver près de l'ancienne route des épices qui coupe le désert, entre Shabwa et Marib. Des histoires fantastiques couraient sur la richesse de ce temple. Alexias a été envoyé en éclaireur avec un petit groupe de cavaliers. Ils devaient rejoindre le gros des troupes à Marib...

— Allez-y, continuez ! l'encouragea-t-il. L'a-t-il trouvé, ce temple ?

Elle sourit.

— Oh ! oui, il l'a trouvé. À environ cent trente, cent quarante kilomètres de Shabwa. La route qui y conduisait, en plein désert, était bordée de sept colonnes en pierre, et le temple lui-même s'élevait dans un défilé, au milieu d'un amas rocheux qui, d'après Alexias, surgissait brusquement au milieu des dunes de sable. À leur arrivée, il ne restait plus qu'une vieille prêtresse chargée d'entretenir la flamme sur l'autel. Les premiers soldats entrés dans la place ont été tellement déçus de ne pas découvrir le trésor qu'ils ont torturé la vieille femme pour la faire parler. Alexias, lui, est arrivé trop tard pour les en empêcher. Elle est morte en les maudissant.

Dans le silence qui suivit, Kane fut parcouru d'un frisson.

— Ils ont fini par trouver le trésor ? demanda-t-il.

— Non. Il était trop bien caché. Ils ont passé deux jours à fouiller le temple avant de retourner à Shabwa. Au cours de leur première nuit dehors, ils ont été pris dans une terrible tempête de sable qui a duré plus de vingt-quatre heures. Ils ont perdu plusieurs chevaux et ont dû monter à deux sur ceux qui restaient. En arrivant au premier puits, ils se sont aperçus que l'eau avait été empoisonnée. Je vous passe les détails, mais Alexias a été le seul survivant.

— Ce devait être un homme exceptionnel.

— Oui. Je vous ferai lire la traduction de son récit. Vous pourrez juger par vous-même. Il n'explique pas comment il a réussi à rejoindre l'armée, mais enfin il y est quand même arrivé. Il a terminé comme commandant du fort de Beersheba, en Palestine.

Kane alla se planter devant la rambarde de la terrasse. Au-delà du port, son regard se perdit dans l'immensité du golfe d'Aden, toujours enveloppé dans des brumes de chaleur.

Le Catalina fit alors son apparition au-dessus de la ville et se posa sur les eaux dans une gerbe d'écume. À l'horizon, un cargo faisait lentement route vers l'océan Indien, tandis que trois boutres se dirigeaient vers le port comme de grands oiseaux.

Mais il ne voyait rien de tout cela. Devant ses yeux s'étendait le Quartier vide et, quelque part dans sa vastitude, se trouvait le temple de Saba.

Lorsqu'il alluma une cigarette, ses mains tremblaient et son corps était la proie d'une étrange excitation. Ce sentiment, il ne l'avait éprouvé que deux fois dans sa vie, et chaque fois au cours d'une expédition, à la veille d'une importante découverte.

Mais cette fois-ci, il n'en allait pas de même. Cette fois-ci, c'était la découverte de sa vie. Une découverte comparable seulement à celle du tombeau de Toutankhamon, dans la Vallée des Rois.

Quand il se retourna vers elle, il fut surpris par la fermeté de sa propre voix :

— Si tout cela est vrai, est-ce que vous en mesurez l'importance ?

— Vous voulez parler du trésor ?

— Au diable le trésor ! (Il revint à la table et se laissa tomber dans son siège.) Tout ce que nous savons sur la reine de Saba, c'est ce qu'en dit la Bible. On n'a jamais trouvé la moindre inscription faisant référence à son règne, pas même à Marib, que beaucoup de savants tiennent pour sa capitale. Une telle découverte ferait l'effet d'un coup de tonnerre dans le monde entier, et pas seulement dans les milieux universitaires.

— Je vois, dit-elle lentement. Ça explique la discrétion de mon mari à propos de sa découverte.

— C'est un vrai fou ! rétorqua Kane. On ne peut réussir une telle entreprise qu'en préparant l'expédition avec le plus grand soin.

— Mais vous ne comprenez donc pas que c'était à moi qu'il voulait prouver quelque chose ! s'écria-t-elle. Il fallait que ça soit sa découverte à lui tout seul. S'il parvenait à en retirer toute la gloire, cela voulait dire qu'il ne la devait qu'à ses propres efforts, à lui seul.

Kane éclata d'un rire dur.

— S'il s'est aventuré tout seul dans le Quartier vide, alors il est complètement fou. S'il n'est pas mort de soif, il est probablement allongé dans le sable, à l'heure qu'il est, la gorge tranchée.

Elle se mit à croiser et décroiser nerveusement les doigts.

— Vous avez dit que la région de Shabwa était dangereuse, capitaine Kane. Qu'entendiez-vous exactement par là ?

— Oman, le protectorat d'Aden et l'Arabie Saoudite s'affrontent à propos du tracé des frontières. Les Britanniques assurent la sécurité dans ces régions et, croyez-moi, ils ont fort à faire. Comme ils ne peuvent pas être partout à la fois, ils considèrent certaines zones comme dangereuses. En d'autres termes, ils ne sont pas responsables de ce qui pourrait arriver à des gens assez idiots pour s'y rendre.

— La région de Shabwa en fait partie ?

— Oui. Il y a des affrontements tribaux depuis des années. Cela dit, des gens se rendent dans ces régions. Pour l'instant, un géologue américain du nom de Jordan recherche du pétrole là-bas. Il a réussi à survivre en distribuant autour de lui des dollars en argent comme des confettis et en s'entourant d'une bande de tueurs qui le protègent par intérêt.

— Vous êtes déjà allé là-bas ?

Il opina du chef.

— Souvent, mais il faut dire que je suis très connu parmi les tribus de la région. Ce sont surtout des Musabein, et ils peuvent se montrer très amicaux si vous savez vous faire accepter. Le problème, ce sont les hors-la-loi qui infestent les franges du Quartier vide. Des gens chassés de leur tribu pour des raisons diverses... la plupart du temps déplaisantes. S'ils mettent la main sur vous, ils vous écorchent vivant avant de vous attacher en plein soleil. Des gens charmants.

L'horreur se peignit sur les traits de Ruth Cunningham.

— Vous pensez que c'est ce qui a pu arriver à mon mari ?

— C'est assez probable.

Un violent frisson parcourut la jeune femme, et elle détourna le visage. Kane se leva et posa une main sur son épaule.

— Je tiens seulement à être franc, madame Cunningham. Il a pu lui arriver n'importe quoi, là-bas.

Elle se leva à son tour et lui étreignit le bras.

— Mais il est possible aussi qu'il soit vivant, n'est-ce pas ?

L'espace d'un instant, il voulut lui dire qu'il n'y avait qu'une chance infime, mais il se ravisa et lui répondit d'un ton rassurant :

— Bien sûr, c'est possible.

Elle fondit en larmes. Kane passa un bras autour de ses épaules et la conduisit doucement vers le bar.

— Je crois que vous devriez aller vous reposer un peu dans votre chambre. Je vais me renseigner en ville. J'apprendrai peut-être quelque chose. Si votre mari est passé par Dahrein il y a deux mois, quelqu'un a dû le voir.

Elle acquiesça, et ils gagnèrent tous deux le premier étage de l'hôtel. Arrivée devant sa chambre, elle tira une clé de son sac à main et se mit à fourrager maladroitement dans la serrure. Kane la lui prit gentiment des mains, ouvrit la porte et la suivit à l'intérieur.

Elle se dirigea aussitôt vers les valises alignées dans un coin de la chambre et en déverrouilla une. Quelques secondes plus tard, elle en sortait une grosse enveloppe.

— Voici la traduction du manuscrit, dit-elle. Je crois que ça vous intéressera.

Il glissa l'enveloppe dans sa poche en souriant.

— Je viendrai vous chercher ce soir vers sept heures, nous irons prendre un verre. J'aurai peut-être des nouvelles pour vous.

Elle lui rendit son sourire.
— Je vous attendrai. D'ici là, je crois que je vais essayer de dormir un peu.

Ils demeurèrent face à face un instant, puis il tourna les talons et sortit.

6

Il marchait dans le couloir lorsqu'il entendit une porte s'ouvrir derrière lui.

— Ainsi, dit une voix, vous avez rencontré Mme Cunningham plus tôt que prévu ?

Skiros se tenait sur le seuil de sa chambre, un cigarillo fiché entre les dents, un petit sourire aux lèvres.

— J'avais envie de savoir ce qu'elle voulait.

— Bon Dieu qu'il fait chaud ! lança le Grec en ôtant son cigarillo de la bouche. Ça vous dirait de venir prendre un verre avec moi ?

Kane faillit refuser, mais se ravisa. Skiros savait à peu près tout ce qui se passait à Dahrein.

— Un grand verre bien froid et bien allongé ? D'accord !

Skiros rentra dans sa chambre en s'épongeant le front avec son mouchoir. Il s'effondra dans un fauteuil en osier, près de la fenêtre, et d'un geste indiqua la table où se trouvaient plusieurs bouteilles et une carafe d'eau glacée.

— Préparez donc les boissons, mon ami. Moi, je n'ai même pas assez d'énergie pour soulever une bouteille.

Kane referma la porte, prépara rapidement deux grands gin-sling et en tendit un au Grec. Skiros en avala la moitié et poussa un grognement de satisfaction.

— Ah ! c'était bon. Au début de chaque année, je me dis que c'est la dernière que je passe dans ce trou à rats. Je jure sur la tombe de ma mère que je vais rentrer en Grèce, mais vous voyez...

Il laissa échapper un profond soupir et haussa les épaules.

— Et pourquoi ne le faites-vous pas ? demanda Kane.

Skiros sourit en découvrant deux rangées de dents gâtées.

— Parce que je suis cupide. Parce que ici je gagne beaucoup d'argent sans trop me fatiguer. (Il but une nouvelle gorgée de gin.) Mais je pourrais vous poser la même question. Qu'est-ce qui peut bien retenir à Dahrein un homme comme vous ? (Un éclair d'amusement passa dans ses yeux.) Serait-ce la ravissante Mlle Perret ?

— Les femmes n'ont aucune importance pour moi, Skiros. Je reste à Dahrein pour les mêmes raisons que vous. Je gagne bien ma vie, ici, et sans impôts. De nos jours, il n'y a plus guère d'endroits où ce soit encore possible.

— Surtout pas en Europe, avec la guerre qui arrive, dit Skiros en pouffant.

— Vous croyez vraiment qu'elle va éclater ?

— Bien sûr. Jusqu'ici, Hitler a obtenu tout ce qu'il voulait, alors pourquoi pas la Pologne ?

— Ce n'est pas mon affaire, dit Kane.

— Ni la mienne, ajouta Skiros en vidant son verre. Et la belle Mme Cunningham ? Ce n'est pas tous les jours que nous avons une si belle voyageuse à Dahrein.

Kane prit une cigarette dans une boîte en ivoire posée sur la table.

— Elle ne vous a pas raconté pourquoi elle était venue ici ?

Skiros secoua la tête.

— En descendant du bateau, elle est venue directement à l'hôtel, et elle a tout de suite demandé à vous joindre. Elle n'a pas expliqué pourquoi. J'ai pensé que vous deviez être de vieux amis. Pour être franc, j'ai même cru que votre passé était en train de vous rattraper.

Kane se prit à observer le port par la fenêtre et parla sans se retourner :

— Elle recherche son mari, qui apparemment a disparu. Aux dernières nouvelles, il se dirigeait vers ici.

— Que venait-il faire dans le coin ? demanda Skiros, surpris.

— Il est assistant d'archéologie dans une université anglaise. Il comptait visiter des ruines dans la région de Shabwa.

Skiros fronça les sourcils.

— Mais il n'y a que Jordan, ce fou d'Américain, qui ait pu survivre là-bas.

— C'est vrai, mais il y a aussi le professeur Muller. Ça fait des mois, maintenant, qu'il recherche des inscriptions sur les rochers, dans cette région. Lui aussi a réussi à survivre.

— Bah, ce cochon d'Allemand ! lança Skiros en crachant par terre avec mépris avant d'écraser son crachat sous sa semelle. Il est protégé par le diable, mais un jour il ira trop loin. Un jour, on le retrouvera avec une balle dans la tête.

— Il est en ville, en ce moment ?

— Oui. Il est arrivé hier soir par la route. Il est passé devant l'hôtel vers onze heures, juste au moment où je faisais jeter quelqu'un dehors à coups de pompe dans les fesses.

Kane se servit un autre verre.

— Donc, vous ne savez rien de ce Cunningham ?

— J'ai bien peur que non. Quand devait-il arriver ici ?

Skiros écouta la réponse, puis secoua la tête.

— Non, je ne me rappelle pas avoir vu quelqu'un à ce moment-là.

Kane avala son verre d'un trait et gagna la porte.

— Je crois que je vais aller voir Muller. Il est peut-être tombé sur lui au cours de ses pérégrinations.

— Vraiment, mon ami, vous m'étonnez. Pourquoi prenez-vous autant de risques ?

Kane le regarda en souriant et frotta son pouce contre ses doigts en un geste compris sur la planète entière.

— Pour l'argent, évidemment.

Lorsqu'il sortit dans la rue, encore déserte à cette heure, la chaleur abattit sur lui son lourd manteau, et il se mit à transpirer par tous les pores de sa peau, trempant sa chemise et son pantalon. Il se dirigea lentement vers la maison de Muller, en empruntant le côté ombragé de la rue. Il songeait à sa conversation avec Skiros.

Si Cunningham avait débarqué à Dahrein, il était curieux que Skiros n'en eût rien su, car, dans cette petite ville, rien ne lui échappait. Mais peut-être Cunningham n'était-il jamais parvenu jusqu'à Dahrein ? Avait-il changé d'avis ? Après tout, il n'y avait que sa lettre à sa femme qui prouvât son intention de s'y rendre. Mais cela ne tenait pas : il avait bien quitté Aden à bord du navire postal, le consul britannique l'avait confirmé. Il devait avoir débarqué à Dahrein. Dans ce cas, peut-être avait-il déjà pris ses dispositions pour s'enfoncer tout de suite dans l'arrière-pays, et n'avait-il pas jugé nécessaire de descendre à l'hôtel. D'après ce que sa femme avait dit, il ne devait pas avoir beaucoup d'argent.

La maison de Muller, entourée d'un haut mur, était située dans une étroite ruelle, au nord du port. Kane tira plusieurs fois la chaîne de la cloche et attendit en songeant à l'Allemand. Muller était arrivé à Dahrein un an auparavant. C'était un homme raide, aux allures de Prussien, qui s'intéressait principalement aux inscriptions gravées dans le rocher qu'on trouvait dans les montagnes. Il faisait de longues expéditions en camion, s'enfonçant dans les régions les plus sauvages bordant la frontière. Il emmenait rarement plus de deux ou trois Arabes avec lui et ne portait pas d'arme. Les Musabein le tenaient pour fou, ce qui expliquait probablement qu'il fût encore en vie. Aucun vrai croyant n'aurait risqué l'enfer éternel en portant la main sur un homme déjà éprouvé par Dieu.

La porte s'ouvrit. Un serviteur arabe vêtu d'une djellaba immaculée apparut dans l'encadrement et s'inclina en livrant le passage à Kane. Ce dernier pénétra alors dans une cour fort agréable, au centre de laquelle une fontaine bruissait doucement dans les rayons du soleil. Muller fit son apparition au balcon du premier étage, le sourire aux lèvres.

— Ah, mon ami Kane ! s'exclama-t-il avec un grand geste de la main. Montez ! Montez donc !

Kane suivit le serviteur à l'intérieur de la maison. Ils montèrent à l'étage, puis l'Arabe s'effaça pour le laisser entrer.

Muller se tenait debout près d'une table, en manches de chemise. Lorsqu'il s'inclina pour saluer son visiteur, Kane eut l'impression d'entendre claquer ses talons.

— J'ai quelque chose qui va vous intéresser, dit Muller. J'ai pris une empreinte au latex d'une inscription trouvée dans une gorge, près de Shabwa. Vous allez me dire ce que vous en pensez.

Kane examina la longue bande de caoutchouc qu'on lui tendait. Le professeur utilisait une nouvelle méthode pour relever ses inscriptions : une solution de latex qu'il passait au pinceau sur le rocher. Le caoutchouc séchait rapidement au soleil et, en retirant la bande, il obtenait une empreinte parfaite.

Kane ne dissimula pas son intérêt et, quelques instants plus tard, releva la tête.

— C'est du quatabanian, n'est-ce pas ?

— Oui, je l'ai trouvée sur un rocher, pas très loin de l'ancienne piste chamelière. Je n'ai pas encore eu le temps de la traduire avec précision, mais elle semble faire référence à une guerre avec le royaume de Saba, au cours du VIIe siècle avant J.-C.

Kane s'assit sur le rebord de la table.

— À ma connaissance, c'est la troisième fois en quatre mois que vous vous rendez dans la région de Shabwa. Vous ne trouvez pas que vous allez au-devant des ennuis ?

— Vous savez, dit Muller en haussant les épaules, du moment qu'on me laisse tranquille, je me fiche complètement de savoir qui commande dans cette région. Les tribus le savent et me fichent la paix.

— Au moins, je vous aurai prévenu, répondit Kane d'un air fataliste. Au fait, vous n'auriez pas croisé des Européens dans cette région au cours de ces deux derniers mois ?

Muller le considéra avec surprise.

— Seulement Jordan, votre cinglé de compatriote. Pourquoi me demandez-vous ça ?

— Parce qu'il y a ici, en ville, une femme qui recherche son mari. Un archéologue nommé Cunningham, qui aurait dû partir pour Shabwa il y a environ deux mois. Depuis, personne n'a eu de ses nouvelles.

L'Allemand éclata d'un grand rire.

— S'il est parti seul, ce n'est pas étonnant. Mais qu'est-ce qu'il cherchait là-bas ?

— Je crois que c'étaient des graffitis, comme vous.

— Je me passerais bien de concurrence, merci, fit Muller. Non, je n'ai jamais rencontré cet homme. C'est étrange, parce que s'il y avait eu un autre Européen dans ces montagnes, je suis sûr que j'en aurais entendu parler.

— Oui, c'est ce que je n'arrive pas à comprendre. Même Skiros n'est pas au courant. C'est dire !

— Désolé, je ne peux pas vous aider.

— Tant pis. Je commence à penser que ce type n'est même jamais parvenu jusqu'ici.

— Ça m'en a tout l'air.

Kane redescendit l'escalier et le serviteur, surgi brusquement de l'obscurité, le raccompagna jusqu'à la porte. Dans la rue, Kane demeura un moment immobile, hésitant sur ce qu'il allait faire. Finalement, il décida d'aller rendre visite au capitaine González. Si un Européen du nom de Cunningham avait débarqué à Dahrein au cours des deux mois précédents, il serait certainement au courant.

Il repassa devant l'hôtel et suivit le front de mer jusqu'à la jetée nord. La maison de l'Espagnol dominait la plage. Kane frappa à la porte, et une femme voilée lui ouvrit presque aussitôt.

Elle l'introduisit dans une cour fraîche où il trouva González confortablement installé sur un canapé, en train de verser dans un grand verre le contenu d'une boîte de bière.

— Ah, vous me prenez en flagrant délit ! s'exclama-t-il joyeusement. Je suis devenu l'esclave de vos habitudes américaines. Vous voulez m'accompagner ?

— Non, pas cette fois, je vous remercie.

Kane s'assit sur le rebord du canapé et repoussa sa casquette en arrière.

— Ce n'est pas si souvent que vous honorez de votre présence ma modeste demeure, capitaine Kane. Je présume que vous avez besoin de mon aide.

Kane sourit.

— Vous avez raison.

D'un air satisfait, l'Espagnol s'appuya contre le dossier du canapé.

— Ah, tôt ou tard, tout le monde finit par s'adresser à moi. J'espère que vous ne me jugerez pas trop vaniteux, mais je n'ignore pas grand-chose de ce qui peut se passer à Dahrein.

— Je sais, et c'est pour ça que je suis venu vous voir. Une certaine Mme Cunningham vient d'arriver en ville...

— C'est vrai, l'interrompit González. Elle a débarqué aujourd'hui du navire postal d'Aden.

— Elle recherche son mari. Il y a deux mois, il lui a écrit qu'il partait pour Dahrein. Il devait se rendre dans la région de Shabwa. Depuis, elle est sans nouvelles de lui.

L'Espagnol fronça les sourcils.

— Comment s'appelle-t-il ?... Cunningham, vous dites ? (Il secoua lentement la tête.) Elle doit se tromper. Personne de ce nom-là n'a débarqué à Dahrein.

— Vous en êtes absolument sûr ?

— Comment voulez-vous que je me trompe ? Je contrôle tous les bateaux qui entrent dans le port.

L'espace d'un instant, Kane eut envie de discuter, mais il se ravisa. Il était de notoriété publique que l'Espagnol ne contrôlait pas la moitié des bateaux qui arrivaient à Dahrein, mais comment le lui faire admettre ? Avec un soupir, il enfonça sa casquette jusqu'aux yeux.

— Merci quand même. J'ai l'impression que Mme Cunningham a dû se tromper.

— Ça arrive souvent chez les femmes, conclut González d'un ton sentencieux.

Quand la porte se referma derrière lui, Kane contempla le port qui s'étendait à ses pieds. Il aperçut sa vedette et Piroo, accroupi sur le pont, qui devait l'observer.

Il se sentait fatigué. Épuisé. De la poche de sa veste, il tira l'enveloppe que Ruth Cunningham lui avait donnée et prit brusquement sa décision. À Dahrein, il n'y avait qu'une seule autre personne susceptible de lui donner des informations sur le fantomatique John Cunningham, et cette personne, c'était Marie Perret. De toute façon, il devait lui rendre visite, mais cela pouvait attendre le soir, lorsqu'il ferait plus frais.

Il gagna l'extrémité de la jetée, où Piroo vint le récupérer à bord du youyou.

— Des visites ? demanda Kane, tandis que l'Indien ramait vigoureusement pour les ramener au bateau.

— Personne, sahib. Il faudrait être fou pour sortir par une chaleur pareille !

Kane sourit et une ombre passa sur le visage de l'Indien.

— Oh, excusez-moi, sahib. J'ai la langue trop bien pendue !

Kane se hissa à bord de la vedette.

— Mais non, Piroo. Cette fois, tu as touché juste. Je suis mort de fatigue. Je vais aller dormir un peu. Réveille-moi vers huit heures, veux-tu ?

Il faisait frais dans la cabine. Il se prépara un verre, se déshabilla, s'allongea sur sa couchette et entreprit de lire le document que Ruth Cunningham lui avait remis.

Il lut pendant une heure, passionné par ce qu'il découvrait. Sa lecture terminée, il demeura un long moment les yeux fixés au plafond. De ces pages émergeait la forte personnalité d'Alexias. Un guerrier, fort physiquement et moralement, intelligent, et qui montrait de véritables qualités de chef. Mais on devinait aussi en lui un côté rêveur. Kane relut le passage où il décrivait ses sentiments au cours de sa première expédition dans le désert, à la recherche du temple. Les mots qu'il employait révélaient bien son caractère. C'était un aventurier jusqu'au plus profond de son être, regardant toujours au-delà, toujours en quête de quelque chose qui, indéfiniment, lui échappait.

Cherchait-il le temple de Saba ou autre chose ? Son moi véritable, peut-être ? Ce que la plupart des hommes passent leur vie à cerner sans jamais y arriver. Parvenu à la dernière page du manuscrit, il relut la phrase ultime :

« Ainsi, moi, Alexias, premier centurion de la Xe légion, commandant de la place de Beersheba, je termine ce récit. Qu'ils écoutent mon avertissement, ceux qui seraient tentés de suivre les sept piliers jusqu'au temple de Saba. Car, pour mes pauvres compagnons, ces sept piliers n'ont mené qu'à la mort. »

Kane observa les particules de poussière qui dansaient dans les rayons du soleil et songea aux paroles du Grec. Selon un proverbe éthiopien, la route de l'enfer est bordée de sept piliers. Pendant une période, les Éthiopiens s'étaient rendus maîtres de l'Arabie. Y avait-il un rapport ? Mais il ne tarda pas à se rappeler que la conquête éthiopienne avait eu lieu beaucoup plus tard. Il réfléchissait encore à tout cela lorsqu'il sombra dans le sommeil.

Il se réveilla en sursaut et se mit à scruter l'obscurité, comme averti par un sixième sens. Les doigts crispés, il se faisait l'effet d'un animal qui vient de sentir la présence du chasseur.

D'abord l'odeur, un peu rance. Probablement de l'huile d'olive, ou une autre huile d'odeur voisine. Puis un bruit de respiration, et un juron étouffé quand l'intrus heurta un coin de table. Retenant son souffle, il observait le pâle rayon de lune pénétrant par le hublot.

Soudain la respiration fut toute proche et, dans la clarté de la lune, il aperçut la lame brillante d'un couteau levé. Il lança un violent coup de genou dans le ventre de son assaillant. Un grognement sourd. Il attrapa le poignet droit de l'homme et le tordit. Il y eut un cri, et le couteau tomba par terre.

Kane se jeta sur son agresseur, mais ne parvint pas à saisir le corps recouvert d'huile. L'homme bondit alors vers la sortie, bouscula violemment Piroo qui était accouru, attiré par le bruit, et plongea par-dessus le bastingage.

Kane se rua sur le pont et prêta l'oreille. En vain. Il se tourna alors vers Piroo.

— Ça va ?

Le petit Indien était au bord des larmes.

— J'ai honte, sahib. Cet homme est monté à bord et a failli vous tuer, alors que moi je dormais.

Kane lui tapota l'épaule.

— Tu n'as pas à t'excuser. C'était probablement un professionnel. Il n'y a qu'eux pour s'enduire le corps d'huile avant d'exécuter leur victime. Ne t'inquiète pas. Prépare plutôt le youyou, on va aller rendre une petite visite à notre ami Sélim.

Il descendit s'habiller dans la cabine et glissa son Colt automatique dans la poche de sa veste. Ils traversèrent le port à la rame et s'approchèrent silencieusement de la *Farah*.

Le youyou accosta sans bruit le gros navire et Kane grimpa à bord en utilisant une échelle de corde. Le pont était désert. À l'arrière, une porte donnait sur la cabine du capitaine. Il s'en approcha à pas de loup, tendit l'oreille, puis l'ouvrit d'un coup de pied et se rua à l'intérieur, le Colt à la main.

Deux Arabes étaient assis en tailleur devant une table basse sur laquelle étaient posées une cafetière et plusieurs petites tasses. Ils se redressèrent, prêts à bondir, mais la vue du pistolet les retint.

— Où est Sélim ? demanda-t-il en arabe.

L'un des deux haussa les épaules.

— Il est parti cet après-midi. Je crois qu'il est allé rendre visite à un ami, dans l'intérieur.

Kane les considéra un moment d'un air soupçonneux, puis il baissa son arme. Il s'apprêtait à repartir quand il perçut une odeur familière : celle, rance et tenace, de l'huile d'olive.

Il se retourna lentement.

— Enlevez vos djellabas !

Les deux hommes échangèrent un regard surpris, et celui qui avait déjà parlé se mit à protester. Kane s'avança, l'air mauvais.

— Faites ce que je vous dis !

Le premier homme haussa les épaules et commença à se déshabiller, mais l'autre, brusquement, se rua vers la porte. Kane l'arrêta d'un croche-pied qui le fit trébucher et le frappa violemment au visage avec le canon de son Colt. Le lourd guidon lui ouvrit la joue, et il s'affala sur le pont en gémissant.

Kane glissa le Colt dans sa poche et se dirigea vers la porte. Juste avant de sortir, il se retourna vers l'autre homme.

— Dis à Sélim que s'il a deux sous de jugeote, il ferait mieux de foutre le camp de Dahrein !

Et il regagna le youyou.

— Tout s'est bien passé, sahib ? s'enquit Piroo.

— Oui, plutôt bien. Tu pourrais m'amener à terre, maintenant ? Je vais aller en ville.

Une fois sur la jetée, il écouta un instant le bruit décroissant des avirons, puis il prit le chemin de l'hôtel, où il avait rendez-vous avec Ruth Cunningham.

7

Une foule importante se pressait dans le salon illuminé de l'hôtel, et Kane dut se frayer un chemin pour gagner le casino. Skiros était assis à une table près de la fenêtre, observant d'un air satisfait les croupiers qui ratissaient les jetons sur les tapis verts. Lorsqu'il aperçut Kane, il lui adressa un signe de la main. Kane inclina légèrement la tête et se détourna.

À une table, il reconnut l'équipage du Catalina : Romero, Noval et Conde. Romero le salua et Kane s'approcha.

— Des cargaisons intéressantes, ces derniers temps ? demanda Romero avec un petit sourire.

— C'est l'hôpital qui se moque de la charité, lança Kane. Guptas m'a dit qu'il vous avait vu charger des caisses d'un cargo portugais, à une trentaine de milles au large.

— Il faut bien vivre, mon ami.

— Faites attention, dit Kane. Si lui vous a vu, d'autres pourraient vous voir aussi.

Il s'éloigna.

— Il a raison, commenta Noval.

Romero haussa les épaules.

— Aucune importance. Dans quelques jours, tout sera terminé. Allez, on prend un autre verre.

Dans le couloir, les bruits du dehors ne parvenaient que curieusement étouffés, irréels, comme venus d'un autre monde. Une lumière filtrait par le vasistas au-dessus de sa porte. Il frappa et attendit. Elle ouvrit presque aussitôt.

Elle portait une robe de chambre en soie épaisse, serrée à la taille par une large ceinture violette. Ses cheveux retombaient lourdement sur ses épaules et elle avait les traits tirés, comme si elle avait mal dormi. En souriant, elle s'effaça pour le laisser entrer.

Elle referma ensuite la porte, s'y adossa et posa sur lui un regard interrogateur. Elle demeura ainsi un moment, puis finit par soupirer.

— Vous n'avez aucune nouvelle de lui, c'est ça ?

Il hésita avant de répondre l'espace d'un instant :

— C'est bien ça.

Elle alla s'asseoir dans un fauteuil en osier, près de la fenêtre. Le désespoir se lisait sur son visage.

— Vous avez quand même bien appris quelque chose. Dahrein est une petite ville. Quelqu'un a dû le voir passer.

— C'est ça qui est curieux dans toute cette affaire. Personne ne semble avoir entendu parler de lui. J'ai fini par aller voir le chef des douanes. Il jure que votre mari n'a pas débarqué à Dahrein au cours des deux derniers mois.

— Mais c'est impossible ! Nous savons bien qu'il est venu ici.

Kane secoua la tête.

— Nous savons seulement qu'il en avait l'intention. Nous savons aussi qu'il a embarqué à Aden. Mais il a pu se rendre dans un autre port. À Mukalla, par exemple.

— Vous croyez que c'est possible ?

— Tout est possible. D'un autre côté, je ne suis pas persuadé que votre mari n'a jamais débarqué à Dahrein. Le capitaine González a tendance à ne pas faire son travail. S'il contrôle la moitié des bateaux qui entrent dans le port, c'est déjà beaucoup, mais il ne le reconnaîtra jamais.

Elle leva les yeux vers lui, pleine d'espoir.

— Donc, vous pensez qu'il a pu quand même débarquer à Dahrein ?

Kane acquiesça.

— S'il s'est rendu dans l'intérieur dès son arrivée ici, ça expliquerait pourquoi personne n'a entendu parler de lui.

Elle sembla se détendre et se laissa aller contre les coussins du fauteuil.

— Je suis sûre que c'est ce qui a dû se passer. Que comptez-vous faire, maintenant ?

Il s'avança jusqu'à la fenêtre et regarda la rue grouillante de monde.

— Il me reste encore une personne à voir. Marie Perret.

Ruth Cunningham le considéra avec surprise.

— Une femme ? En quoi pourrait-elle vous aider ?

— Ce n'est pas une femme ordinaire, répondit Kane en souriant. Ça, je peux vous l'assurer. Marie Perret est moitié française, moitié arabe. Elle dirige une société d'import-export qui travaille de Zanzibar à Singapour. C'est une femme remarquable. Elle a des camions qui se rendent régulièrement dans la région de Shabwa. Si votre mari avait besoin d'aller là-bas le plus rapidement possible, c'est à elle qu'il a dû s'adresser.

Un étrange sourire éclaira le visage de Ruth Cunningham.

— C'est une amie ?

Kane haussa les épaules.

— Je la connais. Elle me donnera toutes les informations dont elle dispose. Si je ne rentre pas trop tard, je repasserai vous voir, ajouta-t-il en se dirigeant vers la porte.

Elle se leva et alla prendre une enveloppe sur la table.

— J'ai écrit au consul britannique à Aden pour lui dire que je vous avais trouvé. (Elle eut un rire gêné.) Il m'avait demandé de le faire. Apparemment, ça ne lui plaisait guère de me voir venir toute seule ici.

Il glissa la lettre dans sa poche.

— Il avait peut-être ses raisons, dit-il en souriant. Bon, je vous revois tout à l'heure.

Au rez-de-chaussée de l'hôtel, il pénétra dans la salle de casino. Skiros était toujours assis près de la fenêtre, un verre devant lui, un cigarillo aux lèvres. Kane s'installa face à lui.

— La soirée a l'air d'être bonne, dit-il.

— Je ne me plains pas, répondit Skiros. Heureusement, il y a encore plein de gens qui n'ont pas compris qu'au bout du compte, c'est toujours la maison qui gagne. Et le mari de Mme Cunningham ? Vous avez réussi à retrouver sa trace ?

— González m'assure qu'il n'a pas débarqué ici, mais vous savez à quel point on peut lui faire confiance ! Je vais aller voir Marie Perret, maintenant. Elle sait peut-être quelque chose.

En se levant, il tira de sa poche la lettre que lui avait confiée Ruth Cunningham.

— Pourriez-vous la mettre dans le sac de courrier pour moi ? C'est important.

D'un claquement de doigts, Skiros appela un serveur.

— Vous tombez pile. J'envoie justement un garçon au port. Le bateau du courrier appareille avec la marée de dix heures. Vous avez le temps de boire un verre ?

— Non, merci. Une autre fois. Je reviendrai probablement tout à l'heure pour voir Mme Cunningham.

Un sourire éclaira le visage de Skiros, creusant un réseau de petites rides autour de ses yeux.

— Comme je vous comprends ! C'est une femme très attirante.

Kane ne se donna pas la peine de répondre. Il tourna les talons, fendit la foule et se retrouva dehors, dans la fraîcheur de la nuit.

En chemin, il repensa à la remarque du Grec. Ruth Cunningham était très attirante, il eût été ridicule de le nier, et pourtant, une fois passé le bref moment d'excitation et de gêne lorsqu'ils s'étaient retrouvés sur la jetée, il n'avait éprouvé aucune attirance physique pour elle. Mais il faut dire qu'avec les femmes, il avait appris à être prudent. Après tout, au cours de leurs premiers mois de mariage, Lillian s'était montrée délicieuse. En se rappelant ce qui s'était passé ensuite, il se sentit soulagé : la page était définitivement tournée. Il s'arrêta un instant au coin d'une rue pour allumer une cigarette.

C'était le moment le plus agréable de la journée, celui qu'on appelait « l'heure de la colombe ». Les lumières des bateaux se reflétaient sur l'eau du port et, d'un café voisin, où l'on fêtait un mariage, s'échappaient des flots de musique et des éclats de rire.

Aux tables des terrasses, des Arabes vêtus de djellabas de toutes les couleurs conversaient interminablement en sirotant un café. La nuit venue, les rues se transformaient en bazars où l'on vendait de tout, depuis des objets d'artisanat en cuivre jusqu'à des plats cuisinés.

Une joyeuse excitation régnait dans la rue, et l'air de la nuit, comme du velours tendre, lui caressait le visage. Mais, au fur et à mesure qu'il grimpait les ruelles pavées du promontoire, les passants se faisaient plus rares.

La maison de Marie Perret se trouvait à l'extrémité du rocher dominant le port. La bâtisse de deux étages, avec un toit plat, s'élevait au centre d'un grand jardin ceint de hauts murs.

Kane tira la chaîne de la sonnette et, quelques

instants plus tard, la lourde porte bardée de fer s'ouvrit sans un bruit.

L'homme qui se tenait devant lui avait quelque chose d'extraordinaire. C'était un Somali noir comme l'ébène qui mesurait bien deux mètres. Il portait une longue robe immaculée. Un sourire éclaira son visage et il fit signe à Kane d'entrer.

— Votre maîtresse est chez elle, Jamal ? demanda-t-il en arabe.

Le Somali opina du chef. Comme souvent les esclaves dans certaines régions du Yémen, il portait une marque au front et, à la suite d'une tentative de fuite, on lui avait coupé la langue sur la place du marché. Un avertissement pour les autres. La deuxième tentative avait été couronnée de succès. Marie Perret l'avait trouvé dans le désert, à moitié mort de soif, et l'avait soigné. Depuis lors, il la suivait comme son ombre.

Il précéda Kane le long d'une allée bordée de figuiers et l'invita à s'asseoir sur la terrasse couverte avant de disparaître à l'intérieur de la maison.

Kane se trouva alors pris dans un tourbillon de couleurs et de parfums. Des palmiers agitaient leurs palmes par-dessus le mur et une fontaine, au milieu des arbres, déversait sa cascade dans un bassin à poissons. Il entendit du bruit derrière lui et se leva pour accueillir Marie Perret.

C'était une jeune femme gracieuse de petite taille, âgée de vingt-cinq ans. Sa jolie silhouette était bien mise en valeur par la culotte de cheval et la chemise kaki qu'elle portait ce soir-là. De sa mère arabe, elle avait hérité ses cheveux noirs, de grands yeux en amande et une bouche aux lèvres pleines. Pour le reste, elle était française. Elle prit place dans un fauteuil en face de lui.

— Comment allez-vous, Gavin ? demanda-t-elle gaiement. Quelle nuit merveilleuse ! Je reviens d'une promenade à cheval.

Kane lui offrit une cigarette qu'il alluma avec son briquet. Elle s'enfonça dans son fauteuil.

— Tout s'est bien passé à Mukalla ? s'enquit-elle.

Il tira une lettre de la poche intérieure de sa veste et la lui tendit.

— Excusez-moi, j'allais oublier. J'ai vu votre agent là-bas, hier, et il m'a donné ça pour vous.

Il l'observa tandis qu'elle prenait connaissance de la lettre, et fut impressionné par son changement d'attitude. Le visage froid, l'air concentré trahissaient la femme d'affaires. Depuis la mort de son père, quand elle n'avait encore que vingt ans, elle dirigeait d'une main de fer la société Perret and Company. De la mer Rouge au Pacifique, son nom était devenu une légende. On la disait scrupuleusement honnête, mais plus habile que tous les négociants des bazars de la région.

— Ahmed, venez voir un peu ! lança-t-elle, les sourcils froncés.

Un Arabe solidement bâti, grisonnant, apparut sur la terrasse. Il était vêtu à l'européenne, tenait un stylo à la main et donnait l'impression qu'on venait de le déranger dans un travail important. C'était le directeur général de la société, et le plus ancien ami de son père.

Il adressa un signe à Kane et prit la lettre que Marie lui tendait.

— Lisez ça, voulez-vous ? Gavin vient de l'amener de Mukalla. Laval nous dit qu'il veut acheter toute l'huile de sésame qu'on lui proposera. En faisant vite, on pourrait acheter tous les stocks disponibles.

Ahmed approuva d'un hochement de tête et s'apprêtait à repartir lorsque Kane intervint :

— Un moment, Ahmed. Vous pourriez peut-être m'aider.

— En quoi puis-je vous être utile, Gavin ? demanda Ahmed dans un anglais parfait.

— Une certaine Mme Cunningham vient de débarquer à Dahrein. Elle est à la recherche de son mari qui devait venir ici, mais personne ne semble avoir entendu parler de lui dans le coin.

Ahmed réfléchit un instant.

— Ah oui... John Cunningham. Oui, je me souviens de lui. Il voulait se rendre à Shabwa.

— Quand était-ce ? demanda Kane.

— Il y a environ deux mois. C'était quand vous vous trouviez à Bombay, précisa-t-il en se tournant vers Marie. Cet Anglais est venu me voir au bureau dès qu'il est descendu de bateau. Il voulait aller à Shabwa. Je lui ai dit que c'était très dangereux, mais il n'a rien voulu savoir. Alors, je l'ai laissé embarquer sur un des camions qui partaient en convoi livrer des équipements à Jordan.

— Quand est-il revenu ? demanda Marie.

— Je n'en sais absolument rien. Pour autant que je me souvienne, il a payé pour qu'on le laisse à Bir-el-Madani, le village le plus proche de Shabwa. Ensuite, je ne sais pas ce qu'il est devenu. Désolé de ne pas pouvoir vous être plus utile, Gavin.

— Au contraire, vous m'avez rendu un grand service. Je sais maintenant que ce type est allé au moins jusqu'à Bir-el-Madani. Avant, je ne savais même pas s'il avait débarqué à Dahrein.

— À présent, si vous voulez bien m'excuser, dit Ahmed, j'ai beaucoup de travail.

Marie attendit qu'il eût disparu à l'intérieur de la maison pour reprendre la parole :

— Qu'est-ce que ce Cunningham pouvait bien aller faire dans la région de Shabwa ?

Kane haussa les épaules.

— Il est archéologue. Il devait chercher des inscriptions sur les rochers.

— Tout seul ? s'exclama-t-elle, incrédule. Certainement pas ! Il faudrait être complètement idiot pour s'aventurer là-bas tout seul.

— À moins de chercher quelque chose de vraiment important, rétorqua Kane.

Il regretta aussitôt ses paroles, mais c'était trop tard. Elle se pencha vers lui, l'air curieux.

— Vous me cachez quelque chose, n'est-ce pas ? Vous ne croyez pas qu'il vaudrait mieux me dire de quoi il s'agit ?

Il se leva en soupirant.

— Probablement. D'autant que vous pourriez peut-être m'aider. En plus, maintenant que vous avez senti qu'il y a un mystère là-dessous, vous allez me harceler jusqu'à ce je vous raconte tout.

Elle se mit à rire et se leva à son tour.

— Mon cher Gavin, comme vous me connaissez bien ! Allons faire quelques pas dans le jardin, il vous sera plus facile de soulager votre conscience.

Ils descendirent les marches et se retrouvèrent au milieu des arbres. La main de Marie reposait doucement sur le bras de Kane et un trouble l'envahit qu'il croyait presque avoir oublié.

Il commença par l'arrivée de Ruth Cunningham à Dahrein et termina par le récit qu'avait laissé Alexias de son expédition dans le désert.

Lorsqu'il eut terminé, ils s'assirent sur un banc près de la fontaine et demeurèrent un moment silencieux. Quelque part dans la nuit, un oiseau lança son appel et Marie laissa échapper un soupir.

— C'est une histoire vraiment extraordinaire.

— Vous n'y croyez pas ? demanda Kane.

— L'important, c'est que Cunningham y ait cru. Que comptez-vous faire, à présent ?

— Me rendre à Shabwa. Interroger le chef du village, à Bir-el-Madani, pour savoir ce qui est arrivé à Cunningham.

Marie se leva et ils reprirent le chemin de la maison.

— À mon avis, dit-elle, personne ne reverra ce John Cunningham vivant.

— Vous avez probablement raison, mais sa femme ne renoncera pas avant d'en avoir acquis la certitude absolue.

Marie s'appuya à la balustrade de la terrasse.

— Je suis d'accord avec vous. Cela dit, je crois pouvoir vous aider. Je me rends demain matin à Bir-el-Madani en avion pour aller voir Jordan. Il a besoin de matériel parce qu'il fait des forages d'essai à une vingtaine de kilomètres de là. Ses hommes ont aménagé une piste sommaire pour moi. Je n'emmène que Jamal, il y a donc encore de la place pour vous et Mme Cunningham, si vous voulez venir.

Kane se sentit soudain soulagé.

— Ce serait parfait.

— Jordan doit me conduire ensuite en camion jusqu'à son campement, et je devrais y rester toute la matinée. Vous pourrez vous servir de l'avion pendant ce temps-là. En trois heures, vous aurez le temps de survoler un peu la région.

— Ça évitera à Mme Cunningham un voyage difficile en camion. Je dois dire que j'étais un peu inquiet. Ce n'est pas tout à fait son genre.

— Elle est jolie ? demanda Marie.

Il haussa les épaules.

— En tout cas, c'est l'avis de Skiros.

— Mais c'est surtout son argent qui vous intéresse ?

— Il est vrai qu'elle me propose une somme rondelette pour retrouver son mari, mais je dois avouer que l'histoire du temple m'intrigue aussi beaucoup.

Marie se mit à rire.

— Toujours à la recherche de quelque chose ! Vous ne serez donc jamais satisfait de ce qui s'offre à vous tout simplement ?

— Probablement non. J'imagine que c'est pour ça que depuis l'enfance je m'intéresse à l'archéologie. C'est pour ça aussi que je reste ici, alors que chaque année je jure que je vais repartir. Il y a tellement de choses à faire... pour autant qu'on en ait les moyens, bien sûr, ce qui implique de travailler de temps à autre pour Skiros. Mais on ne peut pas avoir à la fois le beurre et l'argent du beurre... Vous-même, pourquoi restez-vous ? Vous pourriez établir votre quartier général dans un endroit plus agréable. À Bombay, par exemple.

— C'est un pays millénaire, et ma mère en est originaire. Ça doit être dans le sang.

Il posa les mains sur ses épaules et la regarda en souriant.

— Vous êtes une fille merveilleuse.

Il sentit soudain la chaleur de son corps à travers le fin tissu de sa chemise. Un long moment, ils demeurèrent ainsi, les yeux dans les yeux. Kane l'attira à lui et elle ne fit aucun effort pour résister.

Il écrasa sa bouche contre la sienne et elle s'abandonna, chaude et vivante. Quelques instants plus tard, il l'éloigna de lui et la tint à bout de bras.

— Vous êtes diabolique ! murmura-t-il.

Elle sentit son trouble et une lueur malicieuse traversa son regard.

— Mon pauvre Gavin, est-ce que j'aurais bouleversé le cours tranquille de votre existence ? Mais les femmes sont des sorcières, vous devriez le savoir, depuis le temps.

— Je ne le sais que trop.

— Vous voulez venir boire un verre ?

Il hésita, tenté, mais finit par refuser.

— Ça ne serait pas raisonnable.

Elle lui prit le bras et l'accompagna jusqu'au portail de la maison.

— Sept heures à l'aérodrome, et ne soyez pas en retard. Je tiens à partir tôt.

Debout devant lui, dans la clarté de la lune, elle lui sembla follement désirable. Il laissa échapper un soupir.

— Écoutez, je regrette ce qui s'est passé.

Elle tendit les bras vers lui et déposa un baiser sur sa bouche.

— Moi pas.

Et elle le poussa dans la rue.

Il resta là un moment, prêt à tirer à nouveau sur la sonnette, puis il s'enfonça dans l'obscurité.

Il monta directement à la chambre de Ruth Cunningham et frappa à sa porte. Pas de réponse. Il frappa à nouveau et, comme il n'obtenait toujours pas de réponse, il ouvrit et entra. Personne.

Il descendit au bar de l'hôtel, où il trouva Skiros assis près d'une fenêtre, un verre devant lui, le regard perdu dans la nuit. Kane s'avança vers lui.

Le Grec leva les yeux et demanda :

— Vous avez obtenu des renseignements ?

Kane acquiesça.

— J'ai réussi à retrouver sa trace jusqu'à Bir-el-Madani. Il y est allé dans un des camions de Marie Perret.

Skiros parut surpris.

— Ainsi, il est passé par Dahrein. J'avoue que je suis étonné. Que comptez-vous faire, à présent ?

— Nous nous rendons là-bas en avion demain matin, avec Marie. Je voulais prévenir Mme Cunningham, mais elle n'est pas dans sa chambre.

— Je l'ai vue passer il y a quelques minutes. Je crois que vous la trouverez sur la plage.

Kane le remercia et gagna la terrasse. Un vent frais y soufflait, chargé de légers embruns. Il descendit ensuite sur la plage et, à la lueur de la lune, chercha la silhouette de Ruth Cunningham.

Sur sa gauche, il entendit une voix :

— Par ici.

Elle était appuyée contre un bateau de pêche.

— Vous avez des nouvelles ? demanda-t-elle alors qu'il s'approchait.

Il alluma une cigarette en protégeant l'allumette dans le creux de ses mains.

— Oui, j'ai retrouvé la trace de votre mari dans un petit village à une quinzaine de kilomètres de Shabwa. Marie Perret offre de nous y conduire demain matin en avion. Je pense que le chef du village pourra me donner d'autres renseignements.

Avec un soupir de soulagement, elle posa la main sur son bras.

— Oh, c'est merveilleux !

Elle se laissa tomber dans le sable. Kane s'assit à côté d'elle et lui offrit une cigarette. La flamme jaillit, illuminant le visage de Ruth, la ligne volontaire de son menton. Des larmes brillaient dans ses yeux.

— Tout se passera bien, vous verrez, dit-il avec douceur en lui prenant la main.

Elle sembla faire un effort pour se ressaisir et hocha la tête.

— Je ne sais pas comment je pourrais vous remercier pour ce que vous avez déjà fait.

— Vous n'aurez aucun mal, je peux vous l'assurer. Et maintenant, je crois que vous feriez bien d'aller dormir, madame Cunningham. Il va falloir se lever tôt.

Elle ne discuta pas, et il la raccompagna sur la terrasse de l'hôtel. Ils convinrent qu'il viendrait la chercher à six heures et demie, puis il gagna la jetée.

Piroo somnolait, accroupi contre une grosse pierre. Il se releva rapidement et sourit, découvrant deux rangées de dents blanches parfaitement visibles dans l'obscurité.

Dans le youyou, Kane lui apprit qu'il se rendrait le lendemain à Bir-el-Madani.

— C'est toi qui auras la garde du bateau, dit-il en enjambant le bastingage. Ouvre l'œil, et le bon ! Sélim risque fort de ne pas en rester là.

Laissant Piroo amarrer le youyou, il descendit à la cabine. Le calme le plus total régnait dans la petite pièce éclairée seulement par la lueur de la lune.

Il s'étendit sur la couchette et se prit à songer à Marie. Elle était là, dans l'obscurité, tout à côté de lui, elle lui souriait... et il finit par s'endormir.

8

Tournant au coin de la jetée en direction du front de mer, Kane aperçut les bateaux de pêche qui se glissaient en dehors du port. Il alluma une cigarette, la première de la journée, et se mit à tousser. Il se sentait fatigué et éprouvait une douleur lancinante derrière l'œil droit. Un instant, il contempla les voiles blanches qui filaient dans les courants du golfe, puis il continua sa route vers l'hôtel.

Il était vêtu d'un pantalon et d'une chemise kaki, et coiffé d'un vieux chapeau de brousse. Avant de quitter le bateau, il avait enfoncé le Colt dans sa poche. Il s'était fait de nombreux amis parmi les tribus de la région de Shabwa, mais mieux valait ne pas prendre de risques.

Ruth Cunningham l'attendait sur les marches de l'hôtel. Elle portait un chemisier blanc et des espadrilles de couleur crème, et elle avait noué ses cheveux avec le même foulard bleu qu'il lui avait vu lors de leur première rencontre. Dieu qu'elle était belle !

— Ça ira comme ça ? demanda-t-elle en écartant légèrement les bras pour faire admirer sa tenue.

— Très élégant... mais aussi très pratique.

— Il faut y aller, ajouta-t-il en jetant un coup

d'œil à sa montre. Je ne veux pas faire attendre Marie.

Ils pénétrèrent dans un dédale de ruelles et finirent par émerger aux confins de la ville. Elle avait de grands cernes sous les yeux, comme si elle avait mal dormi, et l'anxiété qu'il lisait sur son visage ne lui disait rien qui vaille.

L'aérodrome de Dahrein se trouvait à quatre cents mètres environ de la ville, à l'entrée d'une gorge étroite qui s'enfonçait profondément dans les montagnes. Aucune ligne régulière ne l'utilisait ; en fait, il avait été conçu comme un terrain d'urgence pour l'armée de l'air espagnole.

Il n'y avait qu'un seul hangar, un bâtiment décrépi en béton, recouvert de tôle ondulée. De loin, ils aperçurent l'avion, un de Havilland Rapide, argent et écarlate, dont les deux moteurs tournaient déjà.

Jamal avait pris place sur l'un des sièges arrière. Marie sauta à terre pour les accueillir. Kane fit les présentations et les deux femmes se serrèrent la main.

— C'est très gentil à vous de nous aider ainsi, dit Ruth Cunningham.

— Oh, ce n'est rien. De toute façon, je me rendais à Bir-el-Madani pour affaires. (Elle se tourna vers Kane, l'œil brillant, le sourire aux lèvres.) J'espère que vous avez bien dormi, Gavin. Désolée de vous presser, mais j'ai promis à Jordan que je serais là à sept heures et demie.

Ruth Cunningham alla s'asseoir à côté de Jamal, qui ne lui accorda pas le moindre regard. Marie s'installa aux commandes, puis lança à Kane :

— Ça vous dirait de le piloter ?

Il acquiesça et elle se glissa sur le siège voisin. Kane fit rouler l'appareil et, quelques instants plus tard, la piste défilait sous eux à toute allure. Il tira lentement vers lui le manche à balai, et le Rapide s'éleva dans la gorge, entre les deux parois rocheuses.

Un vent de quarante nœuds soufflait au débouché de la passe et ils furent un peu secoués. Puis ils montèrent à six mille pieds, dans la brume de chaleur qui estompait déjà les contours de l'horizon.

Au-delà des montagnes, le ciel offrait la couleur du saphir et, une demi-heure plus tard, le désert apparut, avec sa palette d'ors bruns et de rouges profonds.

Soudain, ils survolèrent un haut derrick entouré de tentes et de divers véhicules.

— Regardez ! s'écria Ruth Cunningham, il y a un camion, là, en bas !

Kane jeta un coup d'œil et repéra un véhicule qui filait à toute allure dans la même direction qu'eux. Un peu plus tard, une tache sombre surgit au loin et grossit rapidement jusqu'à devenir un bouquet de palmiers et quelques maisons au toit plat.

Le terrain d'atterrissage était une étroite piste entre deux dunes, au bout de laquelle se dressait un mât surmonté d'une manche à air. Alors qu'ils roulaient sur la piste, le camion déboula au milieu des maisons et se dirigea vers eux dans un nuage de poussière.

Kane coupa les moteurs, ouvrit la porte et sauta à terre. Puis il aida les deux femmes à descendre, tandis qu'un homme quittait le camion et s'avançait vers eux.

Jeune, hâlé, les cheveux blonds coupés très court, il était vêtu d'un ensemble kaki délavé et un revolver battait sa cuisse, dans son étui de cuir noir.

— Mais c'est le diable en personne ! s'écria-t-il. Qu'est-ce qui t'amène ici ?

Kane lui lança une bourrade dans l'épaule.

— Je me suis dit que tu pourrais nous aider,

Jordan. Je te présente Mme Cunningham, qui est à la recherche de son mari. Nous savons qu'il est arrivé jusqu'à Bir-el-Madani il y a deux mois. Il comptait passer quelques jours dans la région de Shabwa, mais depuis, elle n'a plus aucune nouvelle de lui.

Jordan lui serra la main, l'air grave.

— C'est triste pour vous, madame Cunningham. (Il sembla réfléchir un instant, puis secoua la tête.) Non, je n'ai pas entendu parler de votre mari. Mais le chef du village vous sera peut-être d'un plus grand secours.

Elle se tourna vers Kane qui acquiesça.

— Je le connais, assura-t-il. Il s'appelle Omar bin Naser. S'il sait quelque chose, il nous le dira.

Jordan les conduisit jusqu'au pick-up Ford et aida Ruth Cunningham à y monter.

— Bon, je vais vous laisser tous les deux au village. Nous nous reverrons cet après-midi. Marie et moi, nous avons beaucoup de choses à discuter.

Marie s'installa devant à côté de Ruth, tandis que Kane et Jamal prenaient place à l'arrière, sous la bâche. Au moment où ils démarraient, Kane jeta un coup d'œil derrière lui et aperçut un Arabe monté sur un chameau, vêtu d'une djellaba brune délavée et coiffé d'un turban rouge, qui s'avançait sur le terrain d'atterrissage. Il descendit de sa monture et s'approcha de l'avion.

Kane tapota l'épaule de Jordan.

— Arrête-toi un instant, tu veux ?

Jordan obéit, et tout le monde se tourna pour voir ce qui se passait. L'Arabe examina l'avion avec attention, puis leva les yeux vers eux.

Kane sauta de la camionnette.

— Je vais voir ce qu'il veut. Il est peut-être simplement curieux, mais avec les Bédouins, on ne sait jamais.

L'homme se dirigea vers Kane, la main sur la garde de son poignard courbe, un *jambiya*. Kane s'immobilisa à quelque distance de lui et lui demanda en arabe :

— Qu'est-ce que vous faites ici ? Vous cherchez quelqu'un ?

L'Arabe avait les traits tendus, les pupilles rétrécies, et de l'écume au coin des lèvres.

— J'ai une lettre pour un dénommé Kane, dit-il d'une voix dépourvue d'expression.

Kane porta lentement la main à la crosse de son Colt.

— C'est moi. Où est la lettre ?

L'homme tira le poignard de son étui, et la lame brilla dans le soleil. Kane recula d'un pas et tenta de sortir son Colt. Malheureusement, le guidon de l'arme s'accrocha au rebord de sa poche et il dut se baisser pour éviter la lame.

Il saisit alors son agresseur à la gorge et, de l'autre main, chercha à lui arracher son poignard. L'Arabe en profita pour lui lancer un violent coup de genou dans les parties.

Les deux hommes roulèrent sur le sol. À moitié étouffé, Kane prit soudain conscience de la puanteur de son agresseur et de la lueur de folie dans son regard.

Au loin, un hurlement de femme. Et puis une douleur dans sa fesse droite : son Colt. Il le sortit vivement de sa poche, enfonça le canon dans le ventre de l'Arabe et appuya deux fois sur la détente.

La puissance des balles tirées à bout touchant projeta l'homme en arrière. Quand Kane voulut se relever, il entendit une voix qui hurlait son nom. Il dut s'accrocher à l'aile de l'avion pour se remettre debout mais, au même moment, un autre Arabe se rua vers lui, le couteau levé.

Kane essaya de faire feu à nouveau, mais son bras semblait avoir perdu toute force. Jordan, alors, entra en scène. Il mit un genou à terre, posa sur son avant-bras gauche le canon de son lourd revolver et tira si rapidement que les quatre détonations ne formèrent qu'un roulement ininterrompu de coups de tonnerre.

Malgré ses quatre balles dans le corps, l'homme continua d'avancer, mais, arrivé presque à leur hauteur, il vacilla sur le côté et s'écroula face contre terre.

Un lourd silence s'abattit sur les lieux. Puis Kane entendit un cri derrière lui. Toujours appuyé à l'aile de l'avion, il se retourna et aperçut Marie qui se précipitait vers lui. Elle était livide. Elle lui agrippa le bras sauvagement.

— Gavin, ça va ?

Il lui tapota la main d'un air rassurant.

— Oui, grâce à Jordan.

Intrigué, le géologue se pencha sur l'homme qu'il venait de tuer.

— Comment se fait-il qu'il ait continué d'avancer ? Je n'ai pas manqué une seule balle.

Kane retourna le corps du bout du pied. Le visage était convulsé, les lèvres couvertes d'écume et retroussées, révélant des dents gâtées.

— Tu avais déjà vu ce type auparavant ? demanda-t-il.

Jordan secoua la tête. Marie s'approcha pour regarder à son tour.

— Cet homme était drogué au qat. C'était probablement un tueur à gages.

— Oui, c'est aussi mon impression, acquiesça Kane. Quand j'ai demandé au premier ce qu'il voulait, il m'a dit qu'il avait une lettre pour un dénommé Kane.

— Mais enfin, qui pourrait bien chercher à vous tuer ? dit Ruth. Et le « qat », qu'est-ce que c'est ?

Kane alluma une cigarette.

— C'est une substance stimulante qu'on trouve dans les feuilles d'un arbuste de ces régions. Quand on mâche ces feuilles, on se sent plus sûr de soi, plus vigoureux.

— Et pourquoi des tueurs à gages ? demanda Jordan.

Kane haussa les épaules.

— Depuis le temps que tu es dans la région, tu devrais le savoir. Ici, quand on veut tuer quelqu'un, on ne le fait pas soi-même, on engage un professionnel.

Jamal, qui avait fouillé le corps du premier homme, s'avança alors vers eux et tendit à sa maîtresse un sac en cuir.

Marie jeta un coup d'œil, puis l'ouvrit en grand pour que tout le monde puisse voir ce qu'il contenait : il était rempli de pièces d'argent.

Jordan émit un long sifflement.

— Il doit y avoir l'équivalent de deux ou trois mille thalers Marie-Thérèse, dit Marie d'un air sombre. Quelqu'un tenait absolument à se débarrasser de vous, mon cher Gavin.

— Oui, et je crois savoir qui c'est. Hier, j'ai eu une altercation avec Sélim. Le soir même, un de ses hommes a tenté de m'assassiner pendant mon sommeil.

— Mais comment pouvait-il savoir que vous seriez ce matin à Bir-el-Madani ? demanda Marie, l'air soucieux.

Kane réfléchit un moment.

— En effet, c'est curieux. Bon, en tout cas, ça n'a pas marché. Le commanditaire a dépensé beaucoup d'argent pour rien. (D'un geste las, il se passa la main sur les lèvres.) Je boirais bien quelque chose de raide.

— J'ai une flasque dans la camionnette, dit Jordan. Et pour être franc, moi aussi je boirais bien un coup. Quand je pense que j'avais peur que le métier de géologue ne soit ennuyeux !

Tandis qu'ils retournaient à la camionnette, une foule excitée se précipitait vers les deux cadavres.

— Mais d'où est-ce qu'ils sortent ? s'exclama

Jordan. On dirait qu'ils savaient déjà ce qui allait se passer.

— Probablement, répondit Kane.

Ruth Cunningham était pâle comme une morte.

— Vous n'êtes pas blessé ? demanda-t-elle.

— Non. Je regrette que vous ayez dû assister à un pareil spectacle.

Elle semblait avoir du mal à parler, et ne cessait de croiser et décroiser nerveusement les doigts.

Jordan, qui venait d'examiner de plus près le sac trouvé par Jamal, leva sur Kane un regard interrogateur.

— Qu'est-ce qu'on fait de ce petit magot ?

— Pour l'instant, garde-le, dit Kane. Je suis sûr que plus tard on en aura l'utilité.

— Par les temps qui courent, c'est plutôt un bon salaire. (Il sortit une flasque en métal de sous le tableau de bord, avala une longue gorgée et la tendit à Kane.) Avec les compliments de la maison !

Kane leva la flasque pour porter un toast. Il but lui aussi une gorgée de cognac qui le fit tousser, puis il grimpa à l'arrière de la camionnette.

— Je ne t'avais pas encore remercié. Tu as fait un beau carton, tout à l'heure.

Jordan s'installa au volant et ils prirent le chemin du village.

— J'ai grandi dans un ranch, dans le Wyoming.

Il tourna ensuite dans la rue principale et s'arrêta devant la plus grande maison, chassant un troupeau de chèvres.

Kane descendit, suivi de Ruth Cunningham.

— Après avoir parlé à Omar, nous irons survoler les alentours de Shabwa, dit-il à Marie.

— Prenez garde, Gavin, ne vous enfoncez pas trop loin dans le désert. (Elle consulta sa montre.) Avec un peu de chance, nous devrions être de retour vers midi.

— Nous serons déjà rentrés, dit Kane en souriant.

La camionnette démarra dans un nuage de poussière. Lorsqu'elle se fut dissipée, ils aperçurent le chef du village qui se tenait sur le seuil de sa maison.

— Vous honorez ma pauvre maison, capitaine Kane, dit-il en arabe.

— Ah, je viens toujours vous voir quand j'ai besoin de quelque chose, mon ami, mais entrons plutôt. Il fait chaud dehors, et après ce qui vient de se passer, j'ai très envie de m'asseoir.

Omar les précéda à l'intérieur. C'était une maison en torchis, sans fenêtres, dont l'intérieur était divisé en deux pièces : dans la première se trouvaient les chèvres et les poulets, dans la deuxième vivait la famille. Le soir, Omar et sa famille couchaient sur des nattes, sans ôter leurs vêtements.

En dépit de sa pauvreté, Omar bin Naser les accueillit avec la courtoisie et la dignité caractéristiques des Arabes. D'un geste, il invita Ruth Cunningham et Kane à s'asseoir sur des coussins, puis frappa dans ses mains. Quelques instants plus tard, une femme apparut, entièrement enveloppée d'un voile noir qui lui dissimulait également le visage. Elle tenait un pot en cuivre dans une main et trois tasses dans l'autre.

Après les protestations d'usage, Kane accepta une tasse et fit discrètement signe à Ruth Cunningham de l'imiter. La femme versa quelques gouttes de liquide dans leur tasse et attendit leur appréciation. C'était un moka du Yémen, le meilleur café du monde. Après avoir goûté, Kane tendit en souriant sa tasse, que la femme se hâta de remplir.

Omar la renvoya d'un geste, et Kane lui offrit une cigarette que le chef du village accepta avec empressement. Après quoi, il s'appuya contre le mur d'un air satisfait et demanda courtoisement :

— En quoi puis-je vous aider ?
— Je recherche le mari de cette dame, dit Kane

avec un hochement de tête en direction de Ruth Cunningham. Il est venu ici il y a environ deux mois. Savez-vous quelque chose à son sujet ?

Omar salua Ruth Cunningham et se tourna vers Kane.

— J'imagine que cette dame ne comprend pas l'arabe ? (Kane le lui confirma.) Un homme est en effet venu ici il y a deux mois. Il est arrivé un jour avec un convoi de camions pour le campement de Jordan, mais lui, il est resté à Bir-el-Madani.

— Et où est-il allé, ensuite ?

— Allez savoir ! Cet homme était cinglé, complètement cinglé ! Il voulait aller de Shabwa à Marib en chameau. Il avait besoin de guides.

— Vous l'avez aidé ?

— J'ai pu lui fournir des chameaux, mais pour les guides, c'était une autre affaire ! Comme vous le savez, il n'y a que les fugitifs dont la tête est mise à prix qui s'aventurent dans le Quartier vide.

— Alors, il est parti seul ?

Le chef du village secoua la tête.

— À ce moment-là, un Bédouin fou était de passage au village, un Rachid. Vous savez comment ils sont ! Toujours prêts à se lancer à l'aventure. Ce sont des hommes fiers, téméraires. Il a proposé d'accompagner l'Anglais.

— Et depuis, vous avez des nouvelles d'eux ?

Un sourire fugitif passa sur les lèvres d'Omar.

— Capitaine Kane, à l'heure qu'il est, leurs os sont en train de blanchir sous le soleil. C'est le sort qui attend ceux qui sont assez bêtes pour s'aventurer dans le Quartier vide.

Kane demeura un long moment pensif, puis il se leva et tendit la main à Ruth pour l'aider à faire de même.

— Vous avez appris quelque chose ? demanda-t-elle, anxieuse ?

— Oui, beaucoup de choses. Votre mari est venu ici. Il a réussi à obtenir des chameaux, et un

Bédouin de la tribu des Rachid a accepté de lui servir de guide. Il a dit à Omar qu'il comptait traverser le Quartier vide, depuis Shabwa jusqu'à Marib.

Elle avait l'air troublée, et Kane lui tapota le bras de façon rassurante avant de se tourner vers Omar.

— Merci beaucoup, mon ami, mais à présent, il faut que nous partions. Je vais faire un tour en avion avec cette dame jusqu'à Shabwa et pousser ensuite un peu dans le désert. Nous trouverons peut-être quelque chose.

Omar les accompagna à la porte. Sur le seuil, ils virent dans la rue plusieurs villageois tirant une charrette sur laquelle étaient étendus les corps des deux tueurs. Leurs djellabas étaient tachées de sang et recouvertes de mouches. Ruth Cunningham ne put réprimer un violent frisson.

— Je suis heureux que vous ayez échappé à la mort, capitaine Kane, dit Omar.

Kane le regarda, une lueur vaguement amusée dans les yeux.

— Vous saviez qu'ils m'attendaient ?
— Bien sûr.
— Et vous n'avez rien fait pour les en empêcher ?

Omar eut l'air peiné.

— Je ne pouvais pas intervenir dans la vengeance d'un autre homme.

L'Américain se mit à rire. Omar parut totalement sidéré, et Kane entraîna Ruth Cunningham dans la rue, sans cesser de rire.

— Que s'est-il passé ? demanda-t-elle. C'est très frustrant de ne pas parler arabe, vous savez.

— Vous ne comprendriez pas. C'était une blague entre lui et moi.

Un peu plus tard, sur le chemin du terrain d'aviation, elle lui dit :

— Ce café était délicieux. Et qui était cette femme ? Son épouse ?

— Non, une esclave.
— Vous plaisantez ?
Il sourit.
— Avez-vous remarqué la marque au fer rouge que Jamal porte sur le front ? Il était esclave au Yémen. À sa première tentative de fuite, on lui a coupé la langue. Il y a encore des milliers d'esclaves dans presque toute l'Arabie.

Elle frissonna et ils terminèrent leur chemin en silence.

Autour de l'avion, il restait encore des taches de sang dans le sable. Kane aida Ruth Cunningham à monter à bord avant de s'installer aux commandes. Quelques instants plus tard, ils escaladaient le bleu du ciel.

Ils atteignirent Shabwa moins d'un quart d'heure après le décollage. Ruth Cunningham regarda en bas, l'air déçu.

— Je ne trouve pas ça particulièrement excitant, dit-elle.

— Je reconnais que ce n'est pas très imposant, mais sous le sable que vous voyez en bas sont ensevelis les soixante temples dont a parlé Pline, l'historien romain. Un véritable trésor pour de futures expéditions.

Un coup d'œil au compas, et il dirigea le nez de l'appareil en direction du désert.

— J'ai mis le cap sur Marib. D'après Alexias, le temple est situé sur une ligne qui va de Shabwa à Marib. À un peu moins de cent cinquante kilomètres. Espérons qu'on trouvera quelque chose.

Il descendit à cent soixante mètres environ au-dessus des dunes, dans l'espoir de repérer des traces quelconques signalant le passage d'êtres humains. En vain. Le désert s'étendait à perte de vue, stérile, sauvage, incroyablement vide.

Un quart d'heure plus tard, Ruth Cunningham donna soudain un petit coup de coude à Kane : devant eux se dressait une immense dune de sable de plus de deux cents mètres. Kane tira doucement à lui le manche à balai, mais le moteur commença à avoir des ratés.

Il tira le manche plus violemment. Le Rapide se redressa et n'évita le sommet de la dune que de quelques mètres. Puis le moteur se mit à tousser et s'arrêta définitivement.

Le silence total qui suivit n'était plus déchiré que par le sifflement du vent dans les entretoises. L'avion perdait rapidement de l'altitude. Ruth Cunningham poussa un hurlement.

Kane se démenait pour garder la maîtrise de l'appareil. À une vingtaine de mètres du sol, il parvint à redresser le nez de l'avion, mais à cet instant une nouvelle dune de sable sembla se ruer à leur rencontre.

— Cramponnez-vous !

Il tira de toutes ses forces sur le manche à balai.

Le Rapide se cabra brusquement. Puis l'aile gauche plongea dans le sable. Dans un fracas de métal martyrisé, l'avion se mit à tournoyer sur lui-même. Kane hurla un avertissement à la jeune femme et se roula en boule pour amortir le choc.

9

Kane laissa échapper un long soupir et essuya d'un revers de main la sueur qui perlait sur son front. À ses côtés, Ruth Cunningham était livide.
— Ça va ? demanda-t-il.
— Oui, je me suis arc-boutée au siège.
Il ouvrit la porte et sauta à terre. Le nez du Rapide était enfoncé dans le sable, et l'aile gauche à moitié broyée.
— Je ne comprends pas comment l'avion n'a pas pris feu. (Il revint à la porte et examina les voyants de contrôle.) C'est curieux, le réservoir d'essence est vide.
Elle descendit à son tour.
— Qu'est-ce que ça peut vouloir dire ?
— Je ne sais pas, répondit Kane. Le moteur s'est peut-être arrêté, faute de carburant. Mais pourquoi ? Je me demande dans quel état est la radio.
Il remonta à bord.
— Quelqu'un pourrait-il capter nos signaux ? demanda-t-elle. Nous ne sommes pas trop loin ?
— Jordan possède un récepteur à ondes courtes. (Il examina brièvement l'appareil et fit la grimace.) J'ai peur qu'elle soit hors d'usage. Ce genre de matériel n'est pas fait pour supporter de tels chocs.
Ruth Cunningham se passa la main sur le visage.

— Je ne sais pas ce que je donnerais pour un verre d'eau.

Kane tira un bidon et une tasse en plastique de derrière les sièges.

— Le jerricane est plein, nous n'avons pas à nous en faire de ce côté-là.

Il lui donna une tasse d'eau, puis en avala une lui-même. Après quoi, ils s'assirent dehors, à l'ombre d'une des ailes de l'avion, et grillèrent une cigarette en silence.

Au bout d'un certain temps, elle demanda :

— Gavin, soyez franc : est-ce que nous avons une chance de nous en sortir ?

— Oui, de grandes chances. Nous devons être à une cinquantaine de kilomètres de Shabwa. Mais il est préférable de ne pas se déplacer de jour. Le mieux est de nous reposer et de nous mettre en route au crépuscule pour profiter de la fraîcheur de la nuit.

— Vous ne croyez pas qu'on viendra nous chercher ?

— Bien sûr que si. Dès que Marie et Jordan seront de retour à Bir-el-Madani et qu'ils verront que nous ne sommes pas là, ils entreprendront des recherches. Leurs camions Ford sont spécialement équipés pour le désert.

Elle le regarda droit dans les yeux, puis sourit.

— Je suis heureuse d'être avec vous, Gavin. Avec quelqu'un d'autre, je crois que je serais morte de peur... vraiment.

Il l'aida gentiment à se relever.

— Mais il n'y a pas de quoi avoir peur. Juste quelques heures désagréables à passer, c'est tout. Ça vous donnera des sujets de conversation pendant des années, et vous verrez, avec le temps, le récit deviendra de plus en plus impressionnant.

— Vous devez avoir raison.

Pourtant, elle avait l'air bien las.

Il la poussa vers la carlingue.

— Essayez de dormir un peu. Il fera plus frais à l'intérieur. Je vous réveillerai en fin d'après-midi.

Il referma la porte, s'allongea à l'ombre de l'aile droite et se fit un coussin de sable sous la tête.

Il aurait aimé éprouver la belle confiance qu'il avait affichée. Tout seul et avec une bonne provision d'eau, il aurait eu une chance d'atteindre Shabwa en marchant d'un bon pas toute la nuit, mais avec une femme !...

Une chose était sûre : Marie et Jordan partiraient à leur recherche. Mais le désert était vaste.

Il écouta un moment le silence. La chaleur plaquait sur lui sa main de plomb... Il ne tarda pas à s'endormir d'un sommeil agité.

Un cri de terreur le réveilla. Il reçut au même moment un coup sous le menton. Il ouvrit les yeux et aperçut un canon de fusil.

Au-dessus de lui se tenait un Yéménite coiffé d'un turban, le corps à moitié nu taché de teinture indigo. On lui avait coupé les oreilles — traitement réservé aux voleurs — et il portait sur la joue droite une marque au fer rouge.

Deux autres Yéménites sortaient Ruth Cunningham de la carlingue. En se débattant, elle tomba sur le sol et sa chemise se déchira. En riant, l'un des hommes l'attrapa par les cheveux pour la forcer à se relever. Kane se mit debout.

Le visage de l'homme qui tirait Ruth Cunningham était rongé par le pian, sa chair n'était qu'une masse putréfiée, et à la place des narines il n'y avait plus que deux trous noirs. En apercevant cette face de cauchemar, Ruth Cunningham s'évanouit.

Kane s'avança d'un pas. Les trois Yéménites braquèrent leurs fusils sur lui.

— Il vaudrait mieux ne pas bouger, dit l'homme aux oreilles coupées, d'une voix gutturale.

Kane passa la langue sur ses lèvres sèches.

— Emmenez-nous à Bir-el-Madani, et il y aura une grosse récompense pour vous.

L'homme au visage de cauchemar lança un juron et cracha par terre. Puis il frappa violemment Kane au ventre avec la crosse de son fusil. L'Américain s'écroula, le visage dans le sable. L'un des Yéménites le délesta de son Colt.

Tandis qu'il reprenait haleine, Kane écouta les trois hors-la-loi qui semblaient avoir une vive discussion.

Des pieds sales dans des sandales, puis une main qui le saisit par l'épaule pour le forcer à s'asseoir. Il se retrouva face à l'homme aux oreilles coupées.

Le Yéménite s'accroupit à côté de lui, le fusil dans le creux des bras, et lui sourit.

— Maintenant, il faut qu'on parte.

— Emmenez-nous à Bir-el-Madani, répéta Kane d'une voix tendue. Vous recevrez une forte récompense, je vous le promets. Cinq mille thalers Marie-Thérèse.

L'homme secoua la tête.

— Au-delà de la frontière, je ne suis plus qu'un mort vivant. On aura autant d'argent en vendant la femme au marché aux esclaves de Sanaa.

— Dix mille ! renchérit Kane. Fais ton prix. Dans son pays, elle est très riche.

— Comment être sûr qu'elle respectera son engagement ? Au Yémen, une femme blanche, ça vaut très cher.

— Et moi ? demanda Kane.

— Mes amis voulaient te couper la gorge, mais j'ai réussi à te sauver. Vivre ou mourir, ça ne dépend plus que de toi : pour un homme fort, Shabwa n'est pas très loin.

— Pourquoi me laisses-tu la vie sauve ? interrogea Kane, intrigué.

Le Yéménite sourit.

— Tu ne te souviens pas de moi ? Il y a deux ans, quand les Bal Harith avaient établi leur campement près de Shabwa ? On leur avait volé un cheval. S'ils m'avaient trouvé, ils m'auraient tué. Mais toi, tu m'as caché dans ton camion jusqu'à ce qu'il fasse nuit. Les voies de Dieu sont étranges.

Kane se rappela aussitôt l'incident. Il se pencha en avant et murmura :

— Tire-nous de là, et tu auras une grosse récompense. Tu me dois bien ça.

Mais le Yéménite se leva en secouant la tête.

— Une vie pour une vie. Maintenant, je ne te dois plus rien. Tu peux même t'estimer heureux : mes amis voulaient te priver de ta virilité s'ils ne te tuaient pas. Suis mon conseil : reste tranquille jusqu'à notre départ.

Il rejoignit ses compagnons déjà montés sur leurs chameaux. L'un d'eux avait hissé Ruth Cunningham, toujours inconsciente, en travers de sa selle en bois. Kane les vit disparaître derrière les dunes.

Il jeta un coup d'œil à sa montre : un peu plus de midi, ce qui voulait dire qu'il avait dormi plus longtemps que prévu. Pendant un moment, il demeura là, indécis sur le parti à prendre. Son seul espoir résidait dans la radio. Il grimpa dans la carlingue et se mit au travail.

Il s'acharna longuement sur l'appareil, bien que, dès le début, il fût évident qu'il n'y avait rien à faire.

Il régnait une chaleur de fournaise dans la carlingue, et il dut s'interrompre plusieurs fois pour boire et se reposer. Finalement, un peu après trois heures de l'après-midi, il dut s'avouer vaincu. Il s'enfonça dans son siège et alluma une cigarette. Au même moment, un bruit de moteur déchira le silence du désert.

Il bondit hors de la carlingue, le cœur battant. Se pouvait-il... ? Le bruit s'approchait. Il mit sa main en visière et aperçut, à une centaine de mètres de là, un camion qui franchissait la crête d'une dune.

Marie conduisait, et Jamal se trouvait à ses côtés. Kane se dirigea vers eux. La jeune femme coupa le contact et descendit du véhicule.

— Vous n'êtes pas blessé, Gavin ? demanda-t-elle, inquiète.

— Non, ça va. Mais comment avez-vous fait pour arriver ici aussi vite ?

— C'est une longue histoire. Mme Cunningham est dans l'avion ?

— Non.

Rapidement, il lui raconta ce qui s'était passé.

— Si nous ne les rattrapons pas avant la nuit, conclut Marie, Dieu sait ce qu'ils vont lui faire subir.

— En partant tout de suite, on ne devrait pas avoir de mal à suivre leurs traces.

Kane s'installa aussitôt à l'avant du camion, à côté de Marie, et Jamal grimpa à l'arrière. Quelques instants plus tard, ils suivaient les traces laissées par les trois chameaux.

Avec ses douze vitesses et ses quatre roues motrices, le camion franchissait aisément les dunes de sable.

Kane demanda soudain :

— Racontez-moi donc ce qui s'est passé à Bir-el-Madani.

— J'ai terminé mon travail avec Jordan vers onze heures, expliqua Marie. Il nous a alors renvoyés au village, Jamal et moi, dans ce camion, avec un de ses chauffeurs. Omar nous attendait sur le terrain d'aviation. Il nous a dit qu'un inconnu, un type de la côte, racontait partout que vous ne reviendriez jamais.

— Omar vous a raconté ça spontanément ?

— Vous ne comprendrez jamais la complexité de l'esprit arabe, Gavin, dit Marie en souriant. Tuer son ennemi face à face, c'est une chose admise, mais saboter un réservoir d'avion... ça, c'est manquer à l'honneur.

— Bon, je vous crois. Mais comment être sûr que l'homme ne se vantait pas ?

— Omar nous l'a montré, et le chauffeur l'a emmené derrière une cabane pour le questionner. Il était buté, mais on lui a cassé le bras droit et on l'a menacé de lui casser le gauche s'il ne parlait pas. Il a parlé.

Kane la considéra avec une surprise teintée d'horreur.

— Dites donc, vous n'y allez pas avec le dos de la cuiller !

— Ma mère était une Rachid, rétorqua-t-elle calmement. Nous sommes des gens durs, surtout quand on s'en prend à ceux que nous aimons.

À cela, il n'y avait aucune réponse possible.

— Il a profité de la confusion qui régnait dans le village, reprit Marie, quand tout le monde se pressait autour des deux cadavres, pour saboter le réservoir de l'avion.

— Vous avez pu savoir qui l'avait payé ?

— C'est bien ce que vous pensiez : Sélim.

— Il doit vraiment me haïr pour se donner tant de mal. Et comment avez-vous retrouvé l'avion aussi facilement ?

— Je savais que vous alliez en ligne droite de Shabwa à Marib. J'ai suivi le cap au compas en espérant avoir de la chance... Et puis avant ça, j'ai renvoyé le chauffeur de Jordan au campement avec un mot expliquant ce qui s'était passé.

— Vous êtes vite devenue indispensable, lança Kane en souriant.

Elle resta silencieuse et reporta toute son attention sur les traces irrégulières. Bientôt, ils atteignirent une immense plaine de sable et de pierrailles. Elle passa en vitesse supérieure et conduisit pied au plancher.

Le camion filait à toute allure sur la plaine en

soulevant un nuage de poussière. Rapidement, tous trois en furent recouverts de la tête aux pieds. S'aspergeant sans cesse d'eau, Kane fouillait inlassablement l'immensité à la recherche des taches noires qui auraient signalé la fin de leur quête.

Il décrocha les deux fusils fixés au plafond du camion et en tendit un à Jamal. Le Somali examina l'arme d'une main experte, puis la déposa au creux de son bras, un doigt sur la détente.

Kane, les yeux rougis, continuait de scruter la vaste plaine. Mais son esprit finit par s'engourdir, et il sursauta lorsque Marie lui hurla quelque chose à l'oreille. Au loin, les taches noires semblaient se ruer à leur rencontre.

Il leva son fusil et attendit. Ils gagnaient du terrain sur les trois chameaux. L'homme qui se trouvait en dernière position se retourna soudain, l'air stupéfait, et poussa sa monture en avant.

Marie fit un crochet pour dépasser la petite troupe. Kane tira un coup de semonce en l'air.

Le camion s'arrêta devant les fuyards, et l'homme qui emportait Ruth Cunningham sur sa selle la laissa glisser à terre. Il leva son fusil dans leur direction, mais Jamal fut plus rapide et l'abattit d'une seule balle.

Marie redémarra et vint s'arrêter aux côtés de Ruth Cunningham. Elle pleurait, le visage enfoui dans les mains. Marie lui parla avec douceur :

— Ils vous ont fait du mal ?

Ruth Cunningham secoua plusieurs fois la tête avant de répondre :

— L'homme au visage horrible n'arrêtait pas de me tripoter, mais celui qui devait être le chef lui a dit d'arrêter.

Elle éclata en sanglots. Marie l'emmena vers le camion et la fit asseoir.

Kane, alors, s'approcha des deux Yéménites qui avaient fait accroupir leurs chameaux et attendaient tranquillement sous la menace du fusil de

Jamal. L'homme aux oreilles coupées lui adressa un sourire.

— Les voies de Dieu sont étranges.

— Tu as raison, répondit sèchement Kane. Heureusement pour vous, vous ne lui avez pas fait de mal. Et maintenant, foutez le camp d'ici !

Il les regarda s'éloigner sur leurs chameaux, puis alla aider Jamal qui creusait une tombe pour leur compagnon mort.

En revenant au camion, ils trouvèrent Ruth qui pleurait doucement sur l'épaule de Marie. Kane regarda la jeune femme d'un air interrogateur, et celle-ci secoua la tête.

— Bon, dit Kane, rien ne presse. On peut se reposer une heure avant de repartir.

Il s'assit dans le sable, adossé au camion, baissa sur ses yeux les bords de son chapeau de brousse, et finit par s'endormir.

Une petite tape sur l'épaule le réveilla. Marie lui souriait.

— Il faudrait repartir, Gavin, il est plus de six heures.

Il alla jeter un coup d'œil à l'intérieur du camion. Ruth Cunningham dormait, roulée en boule sur l'un des sièges. Il fit signe à Marie et s'installa au volant.

Comme il y avait un compas fixé au tableau de bord, ils ne risquaient pas de perdre leur route. Il décida donc de ne pas suivre en sens inverse les traces des chameaux, mais d'emprunter un chemin plus direct pour retourner à Shabwa.

Petit à petit, le soleil plongea vers l'horizon en se transformant en une grosse boule orange, puis la nuit tomba avec sa rapidité habituelle. Le ciel était piqueté d'étoiles semblables à des éclats de diamant, et la lune baignait le désert d'une irréelle lumière blanche.

Marie s'était assoupie, la tête sur l'épaule de

Kane qui, bien calé dans son siège, surveillait attentivement la piste.

Soudain, il appuya si brutalement sur la pédale de frein que tout le monde fut projeté en avant.

— Mais que se passe-t-il ? s'écria Marie, effrayée.

Sans un mot, Kane pointa le doigt vers la droite. Au sommet d'une petite éminence, jetant sur le sable une ombre tout en longueur, se dressait un délicat pilier de pierre.

Kane descendit du camion et, suivi de Marie, s'approcha lentement du pilier. Son pied heurta soudain un objet métallique. Il ramassa deux boîtes de conserve.

— Du corned beef et de la soupe. Ce n'est sûrement pas un Arabe qui a laissé ça ici.

Tandis que Ruth Cunningham et Jamal s'approchaient à leur tour, il ramassa quelque chose d'autre par terre : une grosse gourde en aluminium. Vide.

10

Kane braquait le faisceau de sa lampe-torche sur la base du pilier que Jamal dégageait doucement de sa gangue de sable.

Au bout d'un moment, Jamal montra quelque chose du doigt. Kane se pencha et découvrit une longue inscription gravée à la perfection dans la pierre. Il l'étudia attentivement, puis se redressa et retourna au camion.

La flamme d'un réchaud à alcool dansait dans la nuit. Marie et Ruth réchauffaient au bain-marie des boîtes de haricots. Kane s'assit à côté d'elles et Ruth lui offrit une tasse de café.

— Vous avez découvert autre chose ?

Kane avala une gorgée du liquide brûlant.

— Oui, une longue inscription en sabéen, la langue de l'ancien royaume de Saba. Malheureusement, je n'ai aucun livre avec moi, et je suis un peu rouillé. (Il tendit sa tasse pour que Ruth le resserve.) Mais j'ai quand même réussi à déchiffrer quelques mots. Ashtar, par exemple, et l'indication d'une distance que je ne connais pas.

D'une main, Marie repoussa ses cheveux en arrière, et la flamme du réchaud, qui vacillait dans le vent, jeta une ombre sur son visage.

— Vous pensez que c'est une sorte de borne ?

Kane acquiesça.

— C'est manifestement l'un des sept piliers dont parle Alexias.

— Vous croyez que c'est possible ? Si ce pilier date de la reine de Saba, il devrait avoir au moins trois mille ans.

— Avec la chaleur sèche du désert, c'est parfaitement possible. À Marib, j'ai vu des inscriptions vieilles de plus de deux mille cinq cents ans, elles semblent avoir été gravées la veille. Et puis, vous savez, il y a sans arrêt des tempêtes de sable dans la région. Ce pilier a dû être couvert et découvert des milliers de fois depuis sa construction.

— Et la gourde et les boîtes de conserve ? intervint Ruth en lui tendant une assiette de haricots.

— Je pense que c'est votre mari qui a dû les laisser là. Nous sommes sûrs qu'il a quitté Bir-el-Madani en chameau, et il est probable qu'il a dû arriver jusqu'ici.

— Et ces trois bandits ? Il doit y en avoir d'autres dans les parages.

— C'est vrai. Comme ils sont traqués, ils s'aventurent dans des régions où personne n'ose aller, mais d'habitude ils ne poussent pas aussi loin. Ils restent plutôt aux franges du désert, sans trop s'écarter des points d'eau. En tout cas, seul un Européen a pu se servir d'une telle gourde. Les Bédouins, eux, utilisent des outres en peau de chèvre.

— Donc, c'était vrai, dit Marie après un bref moment de réflexion. Le temple de Saba, Alexias et ses cavaliers romains...

— Oui, ils ont dû suivre cette route, dit Kane.

Dans le silence irréel qui suivit, on crut entendre, l'espace d'un instant, le cliquetis des harnachements de la cavalerie romaine, et voir luire sous la lune la cuirasse d'Alexias chevauchant à la tête de ses troupes.

Et puis, soudain, une vibration basse et continue

se fit entendre, effrayant Ruth Cunningham. Marie posa sur son bras une main rassurante.

— N'ayez pas peur. Ce sont des couches de sable qui glissent les unes sur les autres, à cause du changement de température.

— Oui, c'est le chant du sable, ajouta Kane. Je me demande si Alexias aussi l'a entendu.

— En tout cas, observa Ruth, personne n'aurait pu lui en donner l'explication scientifique.

— Mais je ne pense pas qu'il aurait eu peur, dit Kane. (Il tira de sa poche un paquet de cigarettes froissé.) Maintenant, il faut décider de ce que nous allons faire.

Marie accepta une cigarette et se pencha sur le réchaud à alcool pour l'allumer.

— D'après Alexias, à quelle distance de Shabwa se trouvait le temple ?

— À peu près cent quarante-cinq kilomètres, répondit Kane.

— Et nous sommes à environ soixante-cinq kilomètres de Shabwa ?

Il acquiesça et elle se redressa, le visage à moitié dissimulé par l'obscurité.

— Je crois que nous devrions pousser en direction de Marib, lança-t-elle. Même si nous ne trouvons pas d'autres piliers, nous avons une chance de tomber sur cet éperon rocheux dont parlait Alexias.

Les yeux brillants, Ruth Cunningham se tourna vers Kane.

— Vous croyez que c'est possible ?

— Pourquoi pas ? Nous avons suffisamment d'eau et de carburant. En partant maintenant, nous pourrions être là-bas à l'aube. La lune éclaire suffisamment, et le voyage serait infiniment plus agréable que de jour.

Marie se leva.

— Eh bien, c'est décidé ! On part tout de suite. Mais il faut que vous dormiez un peu, Gavin. Je vais conduire quelques heures. Vous me remplacerez ensuite.

Il fut sur le point de protester, mais la fatigue sembla s'abattre sur ses épaules comme une couverture trop lourde. Lorsqu'ils partirent, une demi-heure plus tard, il était déjà assoupi à l'arrière, au milieu des bagages.

Il se réveilla avec un mauvais goût dans la bouche. Il faisait très froid. Jamal et Ruth Cunningham dormaient à ses côtés.

Il gagna le siège avant avec difficulté. Lorsque Marie lui sourit, il remarqua ses traits tirés par la fatigue et éprouva pour elle un soudain élan de tendresse.

— Quelle heure est-il ? demanda-t-il.
— Environ trois heures et demie.

Il se pencha et prit le volant à deux mains.

— Rangez-vous sur le côté, je vais prendre le relais. Vous auriez dû me réveiller il y a au moins une heure.

Elle alluma une cigarette, la glissa entre les lèvres de Kane, puis croisa les bras et s'appuya contre lui, la tête sur son épaule.

— Brusquement, je me sens très fatiguée.
— J'ai bien de la chance, chuchota-t-il en respirant une bouffée de son parfum.
— Ça, c'est gentil, dit-elle avec un soupir de satisfaction.

Ils traversaient une étendue plate, parsemée çà et là de buissons d'épineux, et il pouvait conduire d'une seule main. Il passa l'autre sur son épaule et l'attira contre lui. Les mots devenaient inutiles.

Quelques instants plus tard, elle l'embrassa doucement sur la joue.

— Mon pauvre Gavin, murmura-t-elle avec une lueur d'amusement dans le regard.
— Espèce de sorcière ! lança-t-il. Toutes les femmes sont des sorcières !

Elle se mit à rire.

— Qu'est-ce qu'on fait, alors ?

— Ce qu'on fait d'habitude, pardi ! Il y a le père O'Brien à Mukalla. Ça te convient ?

— C'est parfait. J'aime beaucoup le père O'Brien. Et ensuite ?

— On verra bien.

Elle sembla vouloir argumenter, mais se ravisa.

— Oui, tu as raison. On verra bien.

Au bout d'un moment, elle s'endormit, et Kane la serra fort contre lui, sans cesser de surveiller la piste. La vie l'avait rejoint. Il fut plutôt satisfait de constater qu'il n'en éprouvait aucune amertume.

Les épineux disparurent. Il repoussa délicatement Marie, passa en seconde et lança le camion à l'assaut d'une dune.

La lune pâlissait et, à l'est, de petites touches de lumière apparaissaient à l'horizon. Il manquait de sommeil, ses yeux le piquaient et il avait mal dans les bras à force de conduire.

Arrivé en haut d'une dune, il s'arrêta pour inspecter les alentours à la jumelle. Le soleil se levait à l'horizon, et quelque chose scintillait dans le lointain. Il ajusta la mise au point. À une dizaine de kilomètres de là, s'élevait un gros éperon de roche rouge.

En seconde, il descendit lentement la pente raide de la dune. En bas, il s'engagea dans un défilé qui menait à une plaine de sable à nouveau parsemée d'épineux. Il accéléra en direction de l'éperon rocheux.

Le bond que fit le camion réveilla les autres.

— Que se passe-t-il ? demanda Marie.

D'un geste du menton, il indiqua les rochers.

— On arrive.

Ruth Cunningham se pencha en avant, serrant si fort le rebord du siège que ses phalanges en blanchirent.

L'éperon rocheux grandissait à vue d'œil, et

ils ne tardèrent pas à pénétrer dans une gorge profonde qui s'enfonçait à l'intérieur. Kane s'arrêta et coupa le contact. Plus aucun bruit. Il décrocha l'un des fusils et sauta à terre.

— Il vaudrait peut-être mieux laisser le camion ici. On ne sait pas sur quoi on peut tomber, plus loin.

Jamal prit l'autre fusil, et la petite troupe se mit en route. Quelques instants plus tard, Ruth Cunningham poussa un cri de surprise et montra du doigt quelque chose, en hauteur.

— Oh, regardez, on dirait une inscription !

Kane s'avança.

— Oui, c'est du sabéen, dit-il après un moment d'examen. Je crois que nous sommes au bon endroit.

Ils reprirent leur progression et découvrirent encore de nombreuses inscriptions gravées dans la roche. Puis, après avoir contourné un épaulement rocheux, ils s'immobilisèrent.

Devant eux s'étendait une vaste avenue bordée de piliers, certains en ruine, d'autres encore intacts. Et à l'extrémité se dressait la façade d'un temple immense taillé à même le rocher.

Kane sentit sa bouche s'assécher. Jamais il n'avait éprouvé pareille émotion. Il se remit en marche, presque au pas de course, suivi par les autres.

Devant le temple, ils découvrirent un bassin rempli d'une eau transparente, alimenté par quelque source invisible. Il se jeta à plat ventre et but dans ses mains en coupe.

— Cette eau est glacée ! cria-t-il à ses compagnes qu'il entendait parler derrière lui, tout excitées.

Leurs voix se turent brusquement. Kane aperçut un reflet dans l'eau et voulut saisir son fusil.

Une balle ricocha sur le rebord en pierre du bassin.

125

Il leva les mains en l'air et se remit lentement debout. De l'autre côté se tenaient une dizaine de Bédouins à moitié nus, brandissant tous un Lee Enfield dernier modèle. À leur tête, Sélim, un sourire sardonique aux lèvres.

— Je vous conseille de ne rien tenter, lança-t-il dans un anglais parfait.

Les Bédouins se séparèrent en deux groupes pour contourner le bassin et encerclèrent Kane et ses amis. Sélim s'avança plus lentement, une main sur la garde de son poignard, l'autre caressant sa barbe, et alla se planter devant Kane.

— Le monde est petit, observa l'Américain.

Sélim hocha la tête.

— Vous êtes un homme difficile à tuer.

Il laissa échapper un soupir, et son poing droit jaillit, s'écrasant sur la bouche de Kane. Celui-ci s'effondra. Il demeura à terre un moment, sous la menace des canons de fusil braqués sur lui. Il essuya le sang de sa bouche et se releva avec lenteur.

Sélim souriait.

— Premier acompte pour une vieille dette. Le reste viendra plus tard. Je règle toujours mes dettes.

Il aboya un ordre, et les Bédouins poussèrent leurs prisonniers en avant avec des cris suraigus.

En escaladant les marches menant au temple, Kane songeait au tour étrange qu'avaient pris les événements. Il aurait dû se douter dès le début que John Cunningham avait pu survivre dans le désert. Toutefois, pour une raison ou une autre, on l'empêchait de rentrer. Mais que venait faire Sélim dans toute cette histoire ? Cela semblait absurde.

Ses pensées changèrent de cours lorsqu'ils atteignirent l'esplanade en haut des marches. Le temple avait été taillé directement dans la roche, et les grosses colonnes qui soutenaient le portique de part et d'autre de l'entrée faisaient près de vingt mètres de haut. Marie le rejoignit.

— Je n'ai jamais rien vu d'aussi extraordinaire, souffla-t-elle, visiblement sidérée. Il n'y a rien de semblable dans toute l'Arabie.

— Il y a là une forte influence égyptienne, commenta Kane. Le portique est de même style que celui du temple de Karnak.

Il faisait frais à l'intérieur. Les yeux de Kane s'habituèrent rapidement à la pénombre : le sol était de marbre rose, et des colonnes de pierres parfaitement appareillées se dressaient dans l'obscurité. À l'extrémité de l'immense nef, on distinguait une énorme statue.

Sur un ordre de Sélim, la petite troupe s'immobilisa et la plupart des Bédouins s'en allèrent, excepté trois hommes manifestement affectés à leur garde. Sélim se tourna vers Kane.

— Vous allez rester ici. Au moindre geste suspect, ces gardes ont reçu l'ordre de vous tuer.

— D'accord, c'est vous le patron, rétorqua Kane. Mais, avant de partir, dites-nous une chose : Qu'est-il arrivé au mari de Mme Cunningham ? Après tout, c'est pour lui que nous sommes venus ici.

— Il est vivant et en bonne santé... pour le moment.

Ruth Cunningham s'avança vers lui.

— Quand pourrai-je le voir ? Oh, je vous en supplie, laissez-moi le voir !

Elle avait le rouge aux joues et les yeux brillants. Sélim la regarda comme s'il venait seulement de s'apercevoir de sa présence.

— Pour l'instant, ce n'est pas possible. Mais si vous vous conduisez bien, vous pourrez le voir plus tard. Il faut que vous attendiez ici.

— Mais attendre quoi ? demanda Kane. D'être fusillés, égorgés, ou de rencontrer quelqu'un d'autre ?

Un sourire naquit sur les lèvres de Sélim.

— Je ne suis pas chargé de répondre à vos questions.

Il tourna les talons et disparut. Kane tira de sa poche un paquet de cigarettes ; il n'en restait qu'une seule qu'il alluma en inhalant profondément la fumée. Puis il leva les yeux vers la statue. Il n'en avait jamais vu de semblable. Les lèvres étaient pleines et sensuelles, les pommettes hautes, les yeux en amande, et fermés, comme si la statue dormait. Elle lui rappelait la déesse Kali, qu'il avait si souvent admirée dans les temples, en Inde.

L'archéologue avait pris le dessus en lui. C'est alors qu'il remarqua, sur l'autel, la coupe creusée dans la pierre, qui devait abriter le feu sacré. Il se rappela les cavaliers romains, la vieille prêtresse restée seule pour entretenir la flamme, et le temps, soudain, sembla aboli.

Marie vint à ses côtés.

— C'est une impression étrange, fit-elle doucement, que de se dire qu'Alexias a dû se tenir là, à l'endroit où nous sommes.

Kane acquiesça sans un mot, et ils demeurèrent là un moment, perdus dans les mêmes pensées. Puis il y eut une grande agitation à l'entrée du temple.

Kane se retourna. Un homme vêtu de kaki marchait vers eux. Il était coiffé d'un agual et portait des lunettes pour se protéger du sable. Il les observa un moment en silence, puis retira ses lunettes. C'était le professeur Muller. Il s'inclina avec raideur.

— J'espère, mesdames, que vous n'avez pas subi trop de désagréments ?

Kane s'approcha d'un pas, mais avant qu'il ait pu ouvrir la bouche, une voix familière retentit :

— Ah, mon bon ami le capitaine Kane ! Ainsi, vous avez quand même réussi à venir jusqu'ici !

Et Skiros sortit de l'ombre.

11

Il était près de midi lorsque deux hommes vinrent chercher Kane. Marie et Ruth avaient été emmenées plus tôt dans la matinée, puis cela avait été le tour de Jamal.

Seul dans le temple avec ses gardes, Kane n'avait cessé de réfléchir à la suite des événements, sans pour autant trouver la moindre explication. Si Muller était tombé sur le temple par hasard, pourquoi n'avait-il pas rendu publique sa découverte ? Cela lui aurait assuré une renommée mondiale. Et Skiros et Sélim ? Que venaient-ils faire là-dedans ?

Quittant la pénombre fraîche du temple, Kane s'immobilisa un instant devant l'escalier, ébloui par la lumière du soleil. Un de ses gardiens le poussa en avant, et il dévala plusieurs marches, ne réussissant qu'à grand-peine à garder son équilibre. Les deux hommes semblèrent trouver la chose divertissante, et Kane dut faire appel à toute sa volonté pour poursuivre son chemin docilement, sous escorte.

Autour d'eux, les parois rocheuses étaient couvertes d'inscriptions, et plusieurs fois, dans la gorge, Kane remarqua l'ouverture sombre de grottes. Soudain, le chemin se mit à descendre en pente raide et, au fond, dans un creux, il aperçut un grand nombre de tentes à côté d'une oasis de palmiers.

Dans le campement, il fut surpris par le grouillement de la foule. De tous côtés, des hommes ruisselant de sueur chargeaient des caisses sur des chameaux, comme s'ils s'apprêtaient à partir. Un grand nombre de tribus étaient représentées. Des Yéménites à demi nus, avec leurs turbans de couleur, le corps tatoué, la peau colorée par la teinture d'indigo ; des Bédouins Rachid, des Musabein, des Bal Harith... Sur leur passage, les têtes se tournaient. On le regardait comme une bête curieuse.

On lui fit signe de pénétrer dans la tente, la plus grande de toutes, devant laquelle ils s'étaient arrêtés. Kane souleva un pan de toile et entra. Assis derrière une petite table pliante, une cafetière devant lui, Muller examinait à la loupe un tesson de céramique. Il leva les yeux et sourit.

— Ah, Kane, approchez, approchez !

Kane prit place sur un tabouret en face de lui. Sans cesser de sourire, Muller s'empara de la cafetière.

— Un café ?

Kane accepta d'un signe de tête et l'archéologue lui en servit une tasse. L'Américain, alors, se pencha en avant, les bras sur la table.

— Qu'avez-vous fait des femmes ?

Muller eut l'air peiné.

— Nous ne sommes pas des barbares. Elles sont dans une tente, sous bonne garde. Elles sont installées plus confortablement que dans le temple.

— C'est très aimable à vous. Et Cunningham ?

— Eh bien, justement, vous allez le rejoindre. Mais d'abord, Skiros tient à vous parler.

— Mais enfin, à quoi rime toute cette histoire ? s'écria Kane.

Muller prit son chapeau.

— C'est précisément pour ça que je vous ai envoyé chercher, mon ami. Vous allez tout savoir.

Ils quittèrent la tente, les deux Bédouins sur leurs talons, puis traversèrent l'oasis, au milieu des hommes qui charriaient de lourdes caisses sur leurs épaules, et gravirent un étroit sentier creusé dans la roche.

Au sommet, ils se retrouvèrent devant l'entrée d'une grotte gardée par une sentinelle. Des hommes en sortaient, torse nu, et empilaient des caisses qu'ils s'apprêtaient visiblement à descendre jusqu'à l'oasis.

La grotte, plutôt exiguë, était remplie d'équipement techniques de toutes sortes. Skiros se tenait assis devant un émetteur-récepteur à ondes courtes. En les voyant entrer, il ôta les écouteurs de ses oreilles et pivota sur son tabouret.

— Ah, capitaine Kane. Ainsi, vous voilà ?

Un sourire cordial éclairait son visage, comme s'il accueillait un hôte lors d'une réception.

— Vous avez là une sacrée installation, dites-moi, fit remarquer Kane.

Skiros acquiesça.

— Il faut dire que nous en sommes assez fiers. Une cigarette ? proposa-t-il en tirant un paquet de sa poche de poitrine.

Kane accepta.

— Vous ne croyez pas que le moment est venu de me mettre au courant ?

— Mais bien sûr. C'est d'ailleurs pour ça que vous êtes là. (D'un geste, il montra les caisses empilées des deux côtés de la grotte.) Allez-y, regardez.

Kane ouvrit le couvercle de l'une des cantines peintes en gris. Elle contenait des fusils flambant neufs, luisant encore de la graisse d'usine. Dans la suivante, il découvrit des mitraillettes.

Il en prit une et l'examina avec attention. Elle était de fabrication allemande. Il jeta un regard dur à Skiros.

— Je vous ai sous-estimé. Je pensais que vous

cherchiez à sortir illégalement des antiquités du pays, mais là...

Skiros sourit avec satisfaction.

— Oui, il faut dire que c'est pas mal. Nous avons eu de la chance de découvrir cet endroit. Et cela, grâce à Muller.

— Jusqu'à l'arrivée de Cunningham. Ça a dû être un choc.

— Oh, un petit inconvénient, tout au plus, protesta Skiros.

Kane donna un coup de pied dans l'une des caisses.

— Voilà pourquoi les Britanniques ont eu tellement de problèmes avec les tribus du côté de la frontière omanaise.

— Nous faisons de notre mieux, fit Skiros, mais les armes servent seulement à récompenser les tribus qui nous aident. La façon dont elles les utilisent ne nous regarde pas.

— Ces mitraillettes sont allemandes.

— Oui, ce sont des MP 40. Les meilleures.

— Ainsi, vous n'êtes même pas grec ?

— Ma mère était grecque, et elle s'appelait bien Skiros, mais je suis fier de dire que mon père était allemand. Son nom importe peu.

Kane regarda alors Muller, qui depuis le début n'avait pas prononcé une seule parole.

— Et quel rôle joue Muller là-dedans ?

— C'est lui qui a découvert l'existence de cet endroit, grâce à un vieux Bédouin qui a débarqué dans son campement un soir, près de Shabwa, à moitié mort de soif.

— Mais enfin, Muller, s'écria Kane, quel besoin aviez-vous de traiter avec un vautour pareil ? Il y a des dizaines de fondations, en Europe ou aux États-Unis, qui auraient été toutes prêtes à vous financer !

— J'avais mes raisons, répliqua-t-il, l'air embarrassé.

— Et comment ! lança Skiros en riant. Comme vous ne sortirez pas vivant d'ici, je ne vois pas pourquoi je vous cacherais la vérité, mon ami. Comme moi, le professeur est allemand. Et un bon Allemand. Nous servons le IIIe Reich et notre Führer, Adolf Hitler. Je travaille pour l'Abwehr, vous savez ce que c'est ?

— Oui, les services de renseignement militaires allemands.

— Exactement. Nous allons gagner la guerre qui va bientôt éclater, mon ami. Le 1er septembre, c'est-à-dire après-demain, nous envahissons la Pologne.

— C'est de la folie. Vous finirez tous en enfer.

— Je n'en suis pas si sûr. Vous savez, notre armée est puissante. Et puis, ici, nous avons aussi le capitaine Carlos Romero et ses amis, des volontaires espagnols engagés dans les SS. Ils arriveront demain à bord de leur Catalina. Et après-demain, nous nous poserons sur le canal de Suez, nous le minerons et le ferons sauter. Voilà qui donnera du grain à moudre à nos amis anglais, aussi bien à Londres qu'en Égypte.

— Je ne vous crois pas, dit Kane, sidéré.

— Soyez certain que cela m'est parfaitement indifférent.

Kane prit une profonde inspiration.

— Et... que comptez-vous faire de moi ?

— Pendant un jour ou deux, Muller a de quoi vous occuper, mais ensuite...

Skiros laissa échapper un soupir, comme s'il était sincèrement désolé de ce qui allait suivre.

— Ce ne serait pas très sage de votre part, objecta Kane.

Skiros lui lança un regard surpris.

— Pourquoi dites-vous cela ?

Kane s'efforça de paraître très sûr de lui.

— J'ai envoyé une lettre au consul des États-Unis à Aden, en lui disant exactement où je me rendais. C'était une précaution bien normale... dans le désert, tout peut arriver, vous le savez aussi bien que moi.

— Vous mentez.

— Mais non. Je vous ai même donné la lettre en vous demandant de la mettre dans le sac de courrier... vous vous rappelez ?

La panique sembla s'emparer de Muller, qui s'appuya contre une caisse de munitions pour s'essuyer le visage et la nuque avec un mouchoir.

— Il faut partir d'ici, dit-il d'une voix tremblante.

— Calmez-vous, fit Skiros en tirant une cigarette de son paquet et en la tapotant d'un air pensif.

Kane sourit.

— Si nous ne sommes pas de retour dans un délai raisonnable, le consul des États-Unis mettra en branle la mécanique habituelle. On partira à notre recherche.

— C'est vrai, reconnut Skiros, mais comme vous l'avez dit vous-même, le consul ne fera rien avant qu'un délai raisonnable ne se soit écoulé.

Kane étouffa un juron, parce que Skiros avait raison, et Muller sembla tout d'un coup rasséréné.

— Le consul des États-Unis ne bougera pas avant un bon mois, reprit Skiros. Mais nous, de notre côté, nous serons partis d'ici deux jours.

— Deux jours ! s'écria Muller, visiblement troublé. Ça ne me laisse pas beaucoup de temps. Je ne sais pas si nous aurons fini.

— Franchement, mon cher Muller, je me moque de savoir si vous aurez ou non atteint votre fichue tombe.

— Puis-je mettre Kane au travail avec les autres ?

Skiros se tourna vers l'Américain.

— Je suis sûr que vous n'y verrez pas d'inconvénient. Après tout, vous êtes de la partie.

Kane voulut répliquer, mais il se contenta de dire :

— Je crois que vous avez remporté cette manche.

— Tout à fait, acquiesça Skiros, plus réjoui que jamais. Allez, soyez beau joueur. Mais maintenant, si vous voulez bien m'excuser, j'ai beaucoup de choses à faire.

Soudain, son visage se ferma et il les congédia d'un geste. Il pivota à nouveau sur sa chaise et remit ses écouteurs. Muller posa la main sur le bras de Kane et le conduisit dehors, jusqu'à une autre cave gardée par deux hommes accroupis. Elle ne faisait pas plus de un mètre vingt de haut et Kane dut se pencher pour entrer. Muller s'essuya le front avec un mouchoir.

— Je suis désolé pour tout ça, Kane, dit-il, mal à l'aise.

— Je ne suis pas d'humeur à écouter les confessions, répondit sèchement Kane. Qu'est-ce que je suis censé faire, ici ?

Sans un mot, Muller prit une lampe-torche accrochée dans l'entrée et le précéda à l'intérieur. Soudain, le puissant rayon lumineux de la torche fit jaillir de la paroi deux figures humaines tenant un arc dans leurs mains.

Kane se pencha pour les examiner.

— Des figures rupestres polychromes, commenta-t-il en les effleurant du bout des doigts. Remarquablement bien préservées.

— De quand les dateriez-vous ? demanda Muller.

Son animosité momentanément envolée, Kane réfléchit un instant avant de répondre :

— Difficile à dire. J'ai vu le même genre de peintures dans le Hoggar, au Sahara, mais les comparaisons sont malaisées. Je dirais qu'elles ont au moins huit mille ans...

L'Allemand promena le rayon de la lampe sur les

parois de la grotte et l'arrêta sur un amas de pierres jouxtant une étroite ouverture.

— Je crois que vous allez trouver ça plus intéressant encore.

Ces pierres avaient été manifestement taillées pour fermer un passage.

— Vous pensez que c'est l'entrée d'une tombe ? demanda Kane.

— Qu'est-ce que vous voulez que ça soit d'autre ? Le temple date au moins de l'époque sabéenne. Si cette vallée était un lieu sacré, il y a certainement des tombeaux.

Depuis qu'il avait pénétré dans la grotte, Kane avait entendu des bruits lointains, mais à présent une lumière brillait dans l'étroit passage, et Jamal fit son apparition, une lampe dans une main, tirant de l'autre un panier rempli de gravats. Il contempla les deux hommes pendant un instant, puis, calmement, vida son chargement et disparut à nouveau dans l'obscurité.

— J'imagine que Cunningham est là aussi, dit Kane.

Muller acquiesça.

— Son aide, bien qu'accordée de mauvaise grâce, nous a été précieuse au cours des dernières semaines.

— Il y a quelque chose que je ne comprends pas, ajouta Kane. Vous avez plein de Bédouins au campement. Pourquoi n'en utilisez-vous pas certains comme ouvriers ?

Muller soupira.

— D'abord, Skiros n'apprécie guère mes travaux et il a refusé son autorisation. Ensuite, ils sont tous plus superstitieux les uns que les autres. Ils croient que les grottes abritent des mauvais esprits.

Avant que Kane ait pu répondre, une voix se fit entendre :

— Examinez le plafond de la grotte, et vous comprendrez leurs vraies raisons. Une bonne quinte de toux, et cette saloperie risque de s'écrouler.

L'homme qui venait d'émerger de l'étroit passage était, comme Jamal, torse nu et couvert de poussière de la tête aux pieds. Muller ignora sa remarque.

— Ça a avancé, aujourd'hui, Cunningham ?

— Pas plus qu'hier ni qu'avant-hier, répondit l'homme. Pour que ça avance vraiment, il faudrait une équipe d'ouvriers avec des marteaux pneumatiques.

— Je suis d'accord avec vous, mon ami, mais que voulez-vous que je fasse ? En tout cas, je vous amène une nouvelle recrue. M. Kane a une grande expérience de ce genre de travaux. Je suis sûr qu'à vous deux vous arriverez à quelque chose.

— Je tiens à vous faire remarquer que ça fait longtemps que je n'ai pas mangé, protesta Kane.

— Je vous ferai apporter de la nourriture plus tard, cet après-midi, dit Muller. En échange, bien entendu, j'attends des résultats.

Et il tourna les talons, laissant les deux hommes seuls.

Cunningham s'appuya contre la paroi rocheuse et se passa la main sur le visage.

— Qui êtes-vous, monsieur ? Vous êtes arrivé avec ce grand gaillard qu'ils ont jeté ici ce matin ? Je n'ai pas réussi à tirer un mot de lui.

— Ce n'est pas étonnant, expliqua Kane, on lui a coupé la langue, mais si vous parlez l'arabe ou le somali, il vous comprend parfaitement.

Cunningham se mit à rire.

— Mon arabe n'est pas trop mauvais, mais j'ai encore des progrès à faire en somali.

Kane lui tendit la main.

— Je m'appelle Gavin Kane. Votre femme m'a engagé pour vous retrouver après avoir reçu la lettre que vous aviez laissée chez le consul de Grande-Bretagne à Aden.

— C'est Ruth qui vous a envoyé ? demanda-t-il, au comble de l'excitation. Vous l'avez vue récemment ?

— Il y a seulement deux heures. Elle est là-haut avec une de mes amies, Marie Perret.

— Comment va-t-elle ?

— La dernière fois que je l'ai vue, elle avait le moral, mais elle était très inquiète à votre sujet.

Cunningham s'assit sur une pile de gravats.

— Je crois que vous feriez bien de tout me raconter, mon vieux.

Rapidement, Kane lui fit le récit de tout ce qui s'était passé depuis sa première rencontre avec Ruth Cunningham, sur la jetée de Dahrein.

— Quelle histoire ! s'écria Cunningham lorsqu'il eut terminé.

— Oui, c'est vrai. Mais vous, que vous est-il arrivé ?

Cunningham eut un rire amer.

— Je me suis conduit comme un imbécile ! Pour diverses raisons, il était important que cette découverte, je la fasse tout seul, sans aide. Mais quand je suis arrivé à Bir-el-Madani, je me suis rendu compte que je ne pouvais pas m'aventurer tout seul dans le désert. Heureusement, j'ai trouvé un Bédouin Rachid suffisamment courageux, ou suffisamment bête, pour m'accompagner.

— Vous avez dû faire le trajet en droite ligne de Shabwa à Marib à travers le Quartier vide, en espérant tomber sur le temple, c'est ça ?

— Oui. Et à ma grande surprise, ça s'est révélé très facile. Nous avions un chameau de bât et une bonne provision d'eau. Le deuxième jour, nous avons découvert un pilier.

— Celui où nous avons trouvé la gourde en aluminium ?

Cunningham acquiesça.

— Nous avons dressé le camp là, pour la nuit. La gourde était vide, mais comme je ne voulais pas nous charger inutilement, je l'ai jetée. Franchement, je ne m'attendais pas à voir un seul de ces piliers encore debout.

— C'est le seul que nous ayons vu, dit Kane.

— Moi, j'en ai trouvé un autre, mais il était à moitié enfoui dans le sable.

— Et que s'est-il passé quand vous êtes arrivés ici ?

— Un drame. Quand on est entrés dans le défilé, ils se sont jetés sur nous. Mon Rachid était courageux, il a essayé de se défendre, mais ils l'ont abattu. Ensuite, ils m'ont mis au frais au fond d'un puits désaffecté, jusqu'au lendemain, à l'arrivée de Skiros. Depuis, le Catalina dont vous avez parlé s'est posé deux fois sur la plaine en dehors de la gorge. Je crois que Skiros avait l'intention de me tuer, mais Muller est arrivé et lui a dit qu'il pourrait m'utiliser. Il a accepté.

— J'ai bien peur que ce ne soit qu'un sursis, dit Kane.

— Je me moque de ce qui peut m'arriver, mais c'est pour Ruth que je m'inquiète.

— Je comprends ce que vous ressentez, mais tout n'est pas encore joué. Il faut réfléchir à un moyen de nous sortir de là. Où dormez-vous, la nuit ?

Cunningham se mit à rire.

— Jusqu'à la semaine dernière, je dormais dans une tente, gardé par un Bédouin. Mais un jour, j'ai essayé de m'enfuir. Oh, je ne suis pas allé bien loin. Depuis, ils me refont dormir dans le puits désaffecté.

— Ça ne doit pas être très agréable.

— Au moins, c'est sec. Il ne doit pas y avoir eu d'eau dans ce puits depuis au moins un millier d'années. (Il se leva et s'étira.) Il vaudrait mieux se mettre au travail. S'il juge qu'on n'en a pas fait assez, Muller peut se révéler particulièrement déplaisant.

Il prit la lampe-torche et le précéda dans le passage en pente, long d'une vingtaine de mètres. À l'extrémité, ils trouvèrent Jamal, occupé à remplir un panier avec une pelle dont le fer jeta un bref éclat dans l'obscurité. Il y avait à peine assez de place pour deux hommes. Kane administra une claque sur l'épaule du Somali qui se remit à creuser.

— Comme vous le voyez, les conditions de travail ne sont pas fameuses, lança Cunningham.

Kane examina les parois rocheuses avec attention et parut surpris.

— J'ai déjà dégagé des tombes dans les montagnes autour de Shabwa, mais je n'ai jamais vu une entrée comme celle-là.

Cunningham opina du chef.

— Je crois que Muller se met le doigt dans l'œil. Il n'est même pas sûr que le temple ait été construit par Balquis, la reine de Saba. Moi, je le sais.

— Voilà au moins une bonne nouvelle, dit Kane, mi-figue mi-raisin. Mais j'aimerais quand même bien savoir où mène ce tunnel.

— Il n'y a qu'une seule manière de le savoir, répondit Cunningham en lui tendant une pelle.

Kane ôta sa chemise, se plaça aux côtés du Somali et se mit à l'ouvrage.

À Berlin, au siège de l'Abwehr, le commandant Ritter pénétra dans le bureau de l'amiral Canaris.

— Je viens de recevoir des nouvelles de Skiros, annonça Ritter.

L'amiral leva la tête.

— Tout se déroule comme prévu ?

— Oui.

— Que deviendront Romero et ses amis après avoir coulé le Catalina ?

— Des gens à nous les récupéreront et les conduiront directement en territoire italien.
— Parfait. Il n'y en a plus pour longtemps, maintenant, Hans.
— Non, amiral.
— Eh bien, continuez.
Ritter quitta le bureau.

12

Lorsque Muller les conduisit au campement, la lune s'était levée au-dessus de la gorge et baignait la vallée d'une lueur irréelle. En sortant de la grotte, Kane s'étira et contempla un instant le temple. Le spectacle était saisissant, mais semblait avoir peu d'effet sur leurs gardes. On lui enfonça brutalement un canon de fusil dans le dos pour lui faire descendre plus rapidement la pente. Le calme régnait dans la vallée. Au loin, un chameau blatéra, et un Arabe, qui se lavait dans le bassin, les regarda passer avec curiosité.

Ils traversèrent le camp de tentes, le bouquet de palmiers, et s'arrêtèrent à côté d'un rocher en forme de fer à cheval, entourant un trou rond d'environ un mètre cinquante de diamètre. L'un des gardiens saisit le bout d'une grosse corde attachée à un tronc et le jeta dans le trou.

Cunningham descendit le premier dans le puits en s'aidant de la corde, suivi du Somali. Lorsque ce fut au tour de Kane, Muller leva les mains en signe d'impuissance.

— Je suis désolé, mais Skiros y tient absolument. Il pense que, sinon, vous chercheriez à vous échapper.

— Ne vous fatiguez pas, répliqua sèchement Kane.

Il prit la corde et, sans un mot, suivit ses compagnons.

Ses pieds accrochaient facilement aux pierres. Il s'arrêta une fois pour regarder les étoiles qui brillaient dans l'ouverture du puits, et il poursuivit sa descente.

Puis il sentit que des mains guidaient ses pieds le long de la paroi, le puits s'élargit et il atterrit sur du sable meuble. Dès qu'il l'eut lâchée, la corde disparut dans l'obscurité, lui giflant le visage au passage. La sensation était si déplaisante qu'il recula vivement et heurta quelqu'un derrière lui.

— Restez où vous êtes, dit Cunningham. D'habitude, ils descendent un panier avec de la nourriture.

Quelques instants plus tard, il poussa un grognement de satisfaction.

— Ça y est, je l'ai ! Avancez de six pas, doucement, et vous trouverez le mur, ajouta-t-il en prenant Kane par le coude.

Les mains en avant, Kane s'exécuta, jusqu'à ce que ses doigts rencontrent la pierre. Il s'assit, dos au mur, et sentit à ses côtés la présence de Jamal.

Cunningham partagea ce qu'on leur avait envoyé, après quoi ils discutèrent de la situation.

— Vous avez déjà essayé de sortir d'ici ? demanda Kane.

Cunningham se leva.

— S'il faisait jour, je pourrais vous montrer. À deux mètres cinquante environ, le puits s'élargit jusqu'au sol. Sans ça, on pourrait l'escalader.

Kane tira de sa poche une boîte d'allumettes et en alluma une qu'il tint au-dessus de sa tête. Cunningham avait raison, le fond du puits s'élargissait considérablement. L'allumette lui brûla les doigts et il la jeta en poussant un juron.

— Vous vous rendez compte, j'imagine, que notre temps est compté, lança-t-il. Il nous reste tout au plus un jour à vivre. Nous n'avons pas le choix. Soit nous sortons de ce trou, soit ils nous tuent.

— Je comprends bien. Mais comment comptez-vous faire ?

Kane s'approcha de Jamal, s'accroupit devant lui et se mit à lui parler lentement en arabe. Lorsqu'il eut terminé, le grand Somali hocha la tête et se leva.

Kane se tourna vers Cunningham.

— Jamal est très fort : il devrait pouvoir me hisser jusqu'à la partie plus étroite du conduit. Je grimperai sur ses épaules, et vous, vous resterez derrière pour m'assurer.

— Ça vaut le coup d'essayer.

Kane monta sur les épaules de Jamal et tendit les bras au-dessus de lui. Ses deux mains écartées touchaient les parois du puits.

— Vas-y ! murmura-t-il.

Jamal glissa ses grandes mains sous les pieds de Kane et le souleva de toutes ses forces.

Kane chercha désespérément un endroit où s'accrocher. La panique commença de s'emparer de lui lorsqu'il sentit trembler les bras de Jamal, mais au même moment ses doigts rencontrèrent une faille entre les pierres. Un instant plus tard, il était calé dans le puits, le dos appuyé à la paroi, les pieds devant lui.

Lentement, il progressa vers le haut, s'arrêtant de temps à autre pour reprendre haleine. Les pierres lui écorchaient le dos, mais il montait régulièrement et il finit par atteindre le bord.

Il opéra un rapide rétablissement et se mit immédiatement à ramper sur le sol à la recherche de la corde. Au même instant, deux Bédouins sortirent d'entre les palmiers et commencèrent à bavarder à quelques pas du puits.

Dès le premier bruit, il s'était aplati dans le sable. Lorsqu'il fut sûr que les deux hommes ne regardaient pas dans sa direction, il alla se dissimuler au milieu des arbres. Pour l'instant, il ne pouvait rien faire pour Jamal et Cunningham. Les deux Bédouins étaient armés, et l'un d'eux tenait son fusil au creux du bras. Il était impossible de se débarrasser des deux à la fois.

Il se dirigea tranquillement vers le campement à travers la palmeraie et entendit des chants. Des Bédouins étaient assis autour d'un grand feu, plusieurs dansaient, traçant dans le sable des figures compliquées. L'un d'eux jouait d'une sorte de bombarde, tandis qu'un autre frappait un rythme monotone sur un petit tambourin. Ceux qui étaient assis, jambes croisées, tapaient dans leurs mains et bougeaient le corps en rythme.

Il profita de l'ombre pour se glisser au milieu des tentes. Les deux premières qu'il examina étaient vides, et il évita la plus grande.

À l'extrémité du campement, deux Bédouins montaient la garde devant une tente. Il en fit le tour en rampant et, tendant l'oreille, reconnut les voix de Marie et de Ruth. Il dénoua l'une des cordelettes et souleva le rebord de toile. En s'aplatissant, il pouvait voir à l'intérieur.

Marie était assise sur un sac de couchage, à quelques centimètres de lui, tandis que Ruth Cunningham se trouvait près de l'entrée.

— Marie, ne tourne pas la tête, chuchota-t-il. Dis à Ruth de continuer à parler.

Marie se raidit un peu, puis se pencha en avant et murmura quelques mots à sa compagne. Ruth étouffa un petit cri, puis reprit son sang-froid et se mit à discuter de ce qui se passait et du sort qu'on leur réserverait.

Marie s'étendit alors de tout son long sur le sac de couchage, de façon à pouvoir regarder Kane. Leurs bouches n'étaient qu'à quelques centimètres l'une de l'autre.

— Pour l'instant, je ne peux rien faire, souffla-t-il, je ne suis pas armé. Comment est-ce qu'ils vous traitent ?

— Jusque-là, ça va, mais je n'aime pas la façon dont Sélim regarde Ruth. Il a l'air de nourrir les pires intentions.

Kane s'efforça de se montrer rassurant :

— Il faudra s'en occuper. Bon, maintenant, je dois aller rejoindre les autres. De toute façon, ne t'inquiète pas. Avec un peu de chance, nous viendrons vous chercher ici dans une heure... Dis à Ruth que son mari va bien, ajouta-t-il après un instant de silence.

Marie glissa la main sous la tente et lui caressa doucement la nuque. Il eut l'impression de s'abîmer dans les courants dangereux qui agitaient l'eau sombre de ses yeux. Il releva un peu plus le pan de la tente, et elle approcha son visage jusqu'à ce que leurs lèvres se rencontrent. Nulle passion dans ce baiser, mais plutôt la tendresse et l'amour d'une femme qui aime du plus profond de son être. Il étreignit brièvement sa main et disparut.

En se dirigeant vers le puits, il entendit quelqu'un qui venait à sa rencontre. Il s'aplatit derrière un arbre et attendit. L'un des hommes qu'il avait vus auparavant passa si près de lui qu'il aurait pu toucher sa djellaba.

Lorsqu'il atteignit la lisière des arbres, il aperçut l'autre Bédouin debout devant le puits. L'homme ne portait pas de fusil. Dès qu'il lui tourna le dos pour contempler la vallée, Kane s'avança sans bruit dans le sable.

Il lui passa le bras autour du cou et serra si fort que le cri de l'homme s'étouffa dans sa gorge. Il se débattit quelques instants, puis son corps mollit. Kane le tira rapidement sous les arbres.

La corde était toujours attachée au palmier. Kane la lança dans le puits et appela à voix basse :

— Montez, et dépêchez-vous.

Il attendit, scrutant anxieusement l'obscurité.

Quelques instants plus tard, Cunningham le rejoignit, suivi de Jamal. Ils allèrent se dissimuler parmi les arbres et Kane fit rapidement le point de la situation :

— Les deux femmes sont dans une tente. Gardées, évidemment. Vu l'état des forces, on ne peut pas quitter le camp sans armes. Je propose d'aller en récupérer dans la grotte où Skiros les a entreposées. Il y a aussi une radio, là-bas. Si on ne peut pas joindre Mukalla ou Aden, on arrivera probablement à contacter Jordan.

— Ça me paraît raisonnable, dit Cunningham.

Kane expliqua son projet à Jamal, et les trois hommes se dirigèrent vers le campement à travers la palmeraie. Ils contournèrent le feu autour duquel les Bédouins continuaient de chanter et de danser, et traversèrent le campement courbés en deux.

En passant derrière la plus grande tente, Kane s'immobilisa : la voix de Muller leur parvenait, claire et distincte. Il posa la main sur l'épaule de Cunningham et s'approcha sans bruit de la tente.

C'était Skiros qui parlait à présent, et il semblait fort content de lui :

— J'ai réussi à avoir le quartier général par radio. Et j'ai eu aussi la chance de joindre Romero. Ils arrivent ce soir.

— Mais je ne vois pas pourquoi, dit Muller.

Skiros laissa échapper un soupir.

— Muller, vous êtes bête à manger du foin ! Notre travail ici est terminé. Comme je l'ai dit à Kane tout à l'heure, je suis sûr que nous sommes tranquilles pour au moins un mois, mais la vie a l'habitude de jouer des tours de cochon, vous savez. Voilà pourquoi nous allons profiter de la présence de Romero pour embarquer à bord du Catalina. Nous irons tous en Égypte, Muller ! Allez, ne faites pas cette tête ! Vous allez entrer dans l'Histoire !

— Et les prisonniers ? demanda Sélim.

Kane avait presque l'impression de voir un sourire indifférent naître sur les lèvres de Skiros.

— Vous vous chargerez des hommes. Les femmes nous accompagneront à bord du Catalina.

— Mais vous m'avez promis la femme de Cunningham ! s'écria Sélim avec colère.

— Oui, mais depuis, j'ai changé d'avis ! rétorqua sèchement Skiros. N'oubliez pas qui commande, ici. Vous trouverez facilement une autre femme.

— Que vont-elles devenir ? demanda Muller.

— Je n'en sais encore rien, répondit Skiros. Mais cette Marie Perret, je compte m'en occuper personnellement ! Ce sera un plaisir de la voir enfin revenir à la raison.

Au loin, on entendit un faible murmure. Skiros se leva.

— Voici l'avion, messieurs. À l'heure exacte. Faites monter les femmes dans le camion, Sélim. Muller et moi, nous vous rejoindrons là-bas.

Cunningham voulut s'élancer, mais Kane le rattrapa par l'épaule et le força à s'aplatir à nouveau.

— Ne faites pas l'idiot ! chuchota-t-il à son oreille.

Ils sortirent du campement en rampant et se fondirent dans l'obscurité avant de se diriger vers la base de la falaise.

— Bon, alors, qu'est-ce qu'on fait, maintenant ? demanda Cunningham.

— Il n'y a qu'une seule chose à faire, répondit Kane, arrêter l'avion. Mais il faut agir vite.

Ils gravirent le sentier à flanc de falaise et arrivèrent non loin de l'entrée de la grotte. Un Arabe faisait les cent pas, fusil à la bretelle, en fredonnant une chanson de berger, triste et monotone.

Kane pressa l'épaule de Jamal, et le grand Somali s'avança en silence. La chanson s'interrompit brutalement, on entendit comme un craquement de branche cassée, et Jamal allongea le corps sur le sol.

La grotte étant plongée dans l'obscurité, Kane craqua une allumette. Il avisa une lampe-torche posée sur la radio et en braqua le rayon sur les caisses d'armes.

Il n'en restait plus que quelques-unes. Dans les deux premières, ils ne trouvèrent que des fusils, mais la troisième contenait des mitraillettes. Au fond, ils découvrirent une caisse de chargeurs ronds de cent cartouches. Kane donna à Cunningham et à Jamal deux chargeurs chacun.

— Et la radio ? demanda Cunningham.

— Pas le temps, répondit Kane en chargeant son arme.

En sortant, ils aperçurent un camion qui se dirigeait vers le temple et le désert. Kane poussa un juron et se rua en avant, suivi des deux autres.

La plupart des Bédouins se trouvaient encore autour du feu, les trois hommes purent donc traverser le campement incognito.

Le camion à bord duquel ils étaient arrivés le matin même était garé en bordure des tentes, brillamment éclairé par la lune.

— Prenez le volant, lança Kane à l'adresse de Cunningham, et foncez comme un fou !

Lorsque Cunningham appuya sur le démarreur, un concert de hurlements s'éleva derrière eux : plusieurs Bédouins se précipitaient dans leur direction. Kane lâcha une courte rafale de mitraillette, et ils s'égaillèrent dans l'obscurité.

Le camion bondit en avant.

Alors qu'ils se dirigeaient vers l'entrée de la gorge, le Catalina passa en rugissant au-dessus d'eux, ailerons et train d'atterrissage sortis, prêt à se poser sur la grande plaine.

— Accélérez ! hurla Kane.

Cunningham appuya le pied au plancher. Le camion rebondit plusieurs fois sur le sol caillouteux de la vallée ; Cunningham faillit en perdre la maîtrise, mais finalement il réussit à se mettre dans le sillage de l'avion.

Sur leur droite, parfaitement visible dans la clarté de la lune, l'autre camion roulait lui aussi à tombeau ouvert. On distinguait clairement Skiros et Muller à l'avant, et Sélim à l'arrière.

Le visage de Skiros était convulsé de colère, et il hurla quelque chose à Sélim par-dessus son épaule. Ce dernier leva alors son fusil et fit feu. D'un coup de volant, Skiros dirigea le camion vers eux, et Sélim tira de nouveau. Kane baissa la tête. Le pare-brise vola en éclats. Cunningham braqua à fond et ils décrivirent un cercle complet.

Sauvés. Pour l'instant. L'avion touchait le sol dans un grand nuage de sable et de poussière.

Dans le cockpit, Noval étreignit l'épaule de Romero.

— Il y a une fusillade, là ! Allez, on redécolle !

— Je vais essayer ! lança Romero en remettant les gaz.

Un coup d'œil suffit à Kane pour voir que l'autre camion les rattrapait rapidement. Cunningham parvint alors à exécuter un demi-cercle qui les amena au beau milieu du nuage de poussière que soulevait l'avion.

Pendant un moment, ils roulèrent ainsi à l'aveugle, toussant, les poumons en feu, la tête baissée pour se protéger du sable qui leur fouettait le visage. Et puis ils jaillirent à nouveau dans la clarté de la lune.

Le Catalina roulait à présent vers l'ouverture de la vallée, à une vitesse d'environ 40 ou 45 km/h. Cunningham réussit à se placer sur une ligne parallèle.

Kane et Jamal se levèrent alors et ouvrirent un feu nourri sur l'appareil, presque à bout portant. La faible lueur des instruments de contrôle éclairait le visage de Romero. Kane tira plusieurs rafales sur la cabine de pilotage. Le corps de Romero disparut à sa vue, et la queue de l'avion décrivit un grand arc de cercle, jetant en l'air une large gerbe de sable.

Cunningham évita de justesse la collision. L'avion reprit sa course vers le désert, et le bruit des moteurs s'intensifia : Romero s'apprêtait à décoller.

Et puis l'appareil se déporta brusquement sur la gauche. Le nez piqua dans le sable et il n'y eut plus qu'une masse de métal tordu, léchée par des flammes orange qui s'élevaient dans la nuit.

Deux déflagrations coup sur coup. Les réservoirs explosaient. Cunningham braqua à fond, car déjà les débris de métal s'abattaient sur eux en sifflant. Aussitôt, ils prirent en chasse le camion qui roulait à toute allure en direction de la gorge. Une jambe sur le marchepied, la mitraillette à la main, Kane ne quittait pas des yeux le feu arrière du camion. Soudain, leur propre camion rebondit violemment sur une bosse, et il lâcha sa mitraillette qui alla rouler dans le sable.

Il fallut pourtant au camion une trentaine de mètres pour s'arrêter, sous un feu nourri. Plusieurs Bédouins jaillirent d'un éboulement rocheux situé au pied de la falaise. Les balles criblaient la carrosserie.

— Foutez le camp d'ici ! hurla Kane en se jetant à terre. Récupérez les femmes !

Le camion bondit en avant, et Kane, courbé en deux, partit à la recherche de sa mitraillette. Il l'aperçut à quelques pas de là, dans une flaque de lumière. Au moment où il la ramassait, il entendit rouler une pierre. Il lâcha une rafale devant lui, puis se précipita à l'abri d'un rocher. Les balles passèrent en miaulant au-dessus de sa tête avant d'aller ricocher sur la falaise. Lorsqu'il lui sembla que leurs chargeurs étaient vides, il se mit à courir, plié en deux.

Derrière lui, ils recommencèrent à tirer à l'aveugle. Il longea la grande allée menant au temple, traversa l'esplanade et poursuivit en direction de l'oasis.

Au bord de la cuvette, il s'immobilisa et scruta l'obscurité. Cunningham avait arrêté le camion à une trentaine de mètres des tentes et se tenait à l'abri derrière, avec Jamal.

Plusieurs Bédouins se mirent alors à escalader la falaise derrière eux. Kane repéra la manœuvre et leur cria de prendre garde. Cunningham leva les yeux et vit le danger. Une tape sur l'épaule de Jamal, et les deux hommes se ruèrent vers la grotte où étaient entreposées les armes.

Pour l'instant, Skiros ne s'était pas encore rendu compte qu'ils gravissaient le sentier. Kane profita de ces quelques moments d'accalmie pour grimper lui aussi dans la même direction. Il s'immobilisa un instant derrière un épaulement et aperçut plusieurs Yéménites qui s'apprêtaient à couper la route à Cunningham et Jamal. Cunningham lâcha une longue rafale, et les deux hommes coururent se mettre à l'abri dans une autre grotte. Kane quitta alors la protection du rocher et se précipita dans leur direction.

Dans la vallée, derrière, Sélim poussa un cri de rage, et, immédiatement après, la fusillade se déclencha. La mitraillette serrée contre sa poitrine, haletant, Kane poursuivit sa progression sur le sentier en pente. En hurlant, les Bédouins se lancèrent à sa poursuite, sans cesser de tirer. Levant les yeux, il aperçut alors Cunningham accroupi sur la corniche, la mitraillette à l'épaule.

Kane s'aplatit sur le sol et sentit les mains puissantes de Jamal qui le tiraient à l'intérieur de la grotte.

— On l'a échappé de justesse, dit Kane après un moment de silence.

Cunningham acquiesça.

— On ne pouvait pas leur rentrer dedans, en bas. J'avais peur qu'on atteigne les femmes.

— Oui, c'est la carte maîtresse de Skiros.

Avec un feulement aigu, plusieurs balles vinrent s'écraser sur les parois de la grotte, près de l'entrée. La lune éclairait vivement le fond de la vallée, et l'on voyait parfaitement les Bédouins progresser à l'abri des rochers.

— Attendez qu'ils soient à mi-pente, et ouvrez le feu quand je le dirai ! lança Kane.

Ils attendirent en silence. Skiros se trouvait en tête, et ils purent même, à un moment, distinguer parfaitement ses traits dans la clarté de la lune.

— Il faut reconnaître que ce salopard a du cran, gronda Kane.

Skiros, à cet instant, atteignit l'épaulement rocheux qui avait servi d'abri à Kane.

— Feu ! s'écria Kane.

Les trois mitraillettes aboyèrent à l'unisson, et des hurlements s'élevèrent en contrebas. Des corps roulèrent le long de la pente. Les autres battirent promptement en retraite, accompagnés par Skiros, que l'on entendit jurer en allemand.

Dans le silence qui suivit, Cunningham poussa un long soupir.

— Bon, je crois qu'on est tranquilles pour un moment.

Kane secoua la tête.

— Il ne va pas abandonner comme ça. J'ai l'impression qu'il va nous jouer un tour à sa façon.

Au même instant, Skiros s'avança.

— Kane ! hurla-t-il. Je ne compte pas palabrer des heures avec toi. Je te donne un quart d'heure pour descendre, les mains en l'air. Sinon, les deux femmes en subiront les conséquences. Je suis sûr que ce n'est pas ce que vous voulez.

Les trois hommes se reculèrent plus au fond dans la grotte.

— Il nous tient, murmura Cunningham. On ne peut pas les laisser faire du mal aux femmes.

— S'il en a envie, rétorqua Kane d'un air sombre, rien ne l'en empêchera. En fait, je crois qu'il essaie de gagner du temps. Il doit être en train de préparer quelque chose.

Au même moment, des pierres dégringolèrent sur l'étroite corniche, devant la grotte.

— Je vous l'avais bien dit, grommela Kane.

Une grenade roula à l'intérieur de la grotte, clairement visible dans la flaque de lumière que projetait la lune.

Kane poussa violemment Cunningham et le Somali en arrière, dans l'entrée étroite de la tombe, et se jeta sur le sol, à leurs côtés.

La grenade explosa, faisant tomber une pluie de pierres dans l'entrée, puis un grondement sembla monter des entrailles mêmes de la falaise, et le plafond de la grotte s'écroula.

À l'extérieur, dans la vallée, un nuage de poussière blanche obscurcit momentanément la clarté de la lune.

— Oh, mon Dieu ! s'écria Muller. Et maintenant, qu'est-ce qu'on fait ?

— On fout le camp d'ici ! dit Skiros. On retourne à Dahrein et on embarque sur le boutre de Sélim. Quant à Kane et ses amis, j'espère qu'ils mettront longtemps à crever dans leur tombeau !

— Mais... Berlin ? Le Führer ? Qu'est-ce qui va nous arriver ?

— Mais rien du tout, espèce d'imbécile ! Je vais contacter Ritter par radio et lui dire que le Catalina s'est écrasé. C'est pas de notre faute, et ils n'auront pas besoin d'en savoir plus.

— Et les femmes ?

— Pour l'instant, elles viennent avec nous. Et maintenant, calmez-vous, et on y va !

Il redescendit en direction du campement, faisant signe à Sélim et aux Bédouins de le suivre.

À Berlin, Canaris se tenait devant la fenêtre de son bureau, un verre de cognac à la main, lorsque Ritter fit son apparition. Le jeune commandant était pâle, et visiblement agité.

— Mauvaises nouvelles, Hans ?
— Oui, de l'opération Saba, amiral. J'ai reçu un message embrouillé de Skiros. Il renonce et quitte les lieux. Il y a eu des ennuis : le Catalina s'est écrasé, Romero et ses hommes sont morts.
— Quelle malchance ! s'exclama Canaris.
— Mais... le Führer, amiral ? Que va-t-il dire ?
— Le Führer, Hans, a tendance à s'enthousiasmer un jour pour un projet, et à l'oublier totalement la semaine suivante. Et puis, après tout, il a la Pologne.
— Vous êtes sûr qu'il réagira de cette façon ?
— Bien sûr. Je commence à bien connaître son fonctionnement, Hans.

Canaris alla chercher un autre verre.

— Tenez, prenez un cognac. Quand vous serez dans la partie depuis aussi longtemps que moi, vous saurez accueillir l'adversité avec le sourire.
— Puisque vous le dites, amiral.
— Mais si, mais si, dit Canaris en levant son verre. Au IIIe Reich, Hans, et puisse-t-il durer mille ans ! Et si vous y croyez, alors vous êtes prêt à croire n'importe quoi ! ajouta-t-il en riant.

13

La grotte était plongée dans l'obscurité. Kane sortit la boîte d'allumettes dont il s'était servi auparavant dans le puits. Il n'en restait plus que trois, il en alluma une d'une main tremblante.

La petite langue de flamme fit jaillir de la pénombre le visage luisant de sueur de Cunningham. Un rire amer lui échappa.

— Et maintenant, qu'est-ce qu'on fait ?

— Pour commencer, dites-moi : n'avez-vous pas laissé les outils et la lampe-torche de ce côté-ci du passage, quand vous avez fini de travailler ?

L'allumette lui brûla les doigts. Il la lâcha, en alluma une autre et s'accroupit pour promener la flamme autour de lui.

— Les voilà ! s'écria Cunningham.

Un instant plus tard, un rayon de lumière blanche balayait les parois, coupant l'obscurité en deux. La grotte paraissait à présent au moins deux fois plus petite, et un éboulis de pierres et de gravats obstruait complètement l'entrée. Il faisait une chaleur étouffante, et de la poussière flottait encore dans l'air, mêlée à l'âcre odeur de l'explosif.

— Et maintenant ? répéta Cunningham.

Kane ôta sa chemise.

— Il ne nous reste plus qu'à creuser. Heureusement, nous avons des outils.

— Et nos amis, dehors ?
— Pour eux, nous devons être morts.
— Ils ne sont pas loin de la vérité, fit Cunningham en promenant le pinceau lumineux sur le plafond et les parois. Tout ça m'a l'air bien fragile.

Kane lui prit la lampe des mains et la posa sur le sol, en sorte que son rayon éclairât l'amas de pierres bouchant l'entrée.

— Le plus inquiétant, c'est la durée de vie de la pile. Prions pour qu'elle tienne suffisamment longtemps.

Ils se mirent au travail dans cette atmosphère confinée, saturée de poussière et bientôt d'odeurs de transpiration. Jamal soulevait à lui tout seul des pierres que Kane et Cunningham n'auraient pas bougées à deux. Ils travaillaient comme des brutes, les doigts s'écorchant aux aspérités des roches. Le temps avait cessé d'exister. Et puis soudain, Jamal, qui s'activait un peu en avant des deux autres, poussa un étrange gémissement d'animal et recula d'un pas.

— Que se passe-t-il ? demanda Kane en arabe.

Le Somali tourna vers lui des yeux dont le blanc brillait dans l'obscurité. Il montra du doigt quelque chose, et Kane s'avança, courbé en deux, dans l'étroit passage qu'ils venaient de dégager.

Le pinceau de la lampe révéla un énorme rocher qui devait bien peser trois ou quatre tonnes et qui, avec d'autres plus petits, scellait implacablement l'entrée de la grotte.

Cunningham vint le rejoindre et émit un petit sifflement.

— Eh bien, celui-là, on n'a aucune chance de le bouger !

Il n'y avait rien à répondre. Ils reculèrent lentement et s'adossèrent à la paroi.

Kane contempla un instant le rayon lumineux, puis éteignit la lampe.

— Inutile d'user la pile.

Cunningham éclata d'un rire nerveux, et Kane comprit qu'il était au bord de l'effondrement.

— Qu'est-ce qu'il fait chaud, ici ! lança Cunningham. Je fumerais bien une cigarette.

Nul besoin de préciser qu'il s'agissait de la dernière cigarette du condamné. Il n'y avait plus d'espoir.

L'obscurité les enveloppait complètement. Puis ils perçurent une sorte de chuchotement répercuté contre les parois de la grotte. Comme un soupir dispersé en ondes concentriques à la surface du silence.

Kane frissonna et s'efforça de chasser cette impression de son esprit. Il était encore trop tôt pour s'abandonner au désespoir. Il fallait garder les sens en éveil, penser à autre chose qu'à ce cercueil d'obscurité.

Il se laissa dériver au fil de ses souvenirs, les bons et les mauvais.

Une seule fois dans sa vie, il s'était retrouvé dans une situation aussi désespérée. Il était alors copilote sur un DC3 de l'armée de l'air qui se rendait à Guam, dans le Pacifique. L'avion s'était abîmé dans l'océan avec dix personnes à bord et un seul canot de sauvetage. Au bout d'une heure, les requins avaient commencé de leur tourner autour. Le troisième jour, ils n'étaient plus que quatre, le septième, deux, et au moment où il croyait l'heure de sa mort venue, il avait entendu un bruit de moteur dans le ciel. C'était un Catalina qui s'apprêtait à amerrir.

Et puis le retour chez lui. Il se rappelait encore le moment où il avait revu New York. Mais « chez lui », était-ce cet appartement donnant sur Central Park ou la ferme de son père dans le Connecticut ? Ni l'un ni l'autre. Ce « chez lui », il le cherchait depuis longtemps sans jamais le trouver.

Le visage de Marie sembla soudain jaillir de l'obscurité, lui arrachant un petit rire. Cette histoire avait eu au moins l'avantage de lui faire connaître l'amour de Marie. Elle lui était désormais plus chère que sa propre vie. Le souvenir du baiser qu'elle lui avait donné l'emplit de bonheur, mais cela, il n'aurait plus jamais l'occasion de le lui dire.

Il se leva pour étirer ses membres engourdis et sentit un courant d'air froid sur sa peau. Il frissonna. Il lui fallut un moment pour prendre conscience de tout ce que cela impliquait, mais alors il se jeta à genoux et chercha fébrilement la lampe-torche.

— Que se passe-t-il ? demanda Cunningham.
— Il y a un souffle d'air frais qui vient du tunnel.
— Impossible. D'où viendrait-il ?
— Il n'y a qu'un seul moyen de le savoir...

Kane expliqua la situation à Jamal en arabe, puis les trois hommes gagnèrent l'endroit où la veille ils avaient arrêté leur travail.

Cunningham s'agenouilla devant l'amas de pierres et de gravats et s'écria :

— Vous avez raison, Kane ! Je sens un souffle d'air froid.
— Ce qui est sûr, dit Kane en le rejoignant, c'est que Muller se trompait. Ce n'est sûrement pas l'entrée d'une tombe creusée dans le rocher.
— Mais alors, où mène ce passage ?
— À un meilleur endroit que celui-ci, en tout cas, répondit Kane.

Jamal était allé chercher les outils, et les trois hommes se mirent à l'ouvrage. L'espace était réduit et, au bout d'un moment, le Somali écarta ses compagnons pour soulever tout seul, à mains nues, un gros rocher. Un trou apparut et l'air s'engouffra brutalement dans le passage. Jamal ôta d'autres pierres avec précaution, puis rampa dans l'ouverture. Kane braqua la lampe dans sa direction, mais peu après le Somali disparut à leurs yeux.

Au bout d'un moment, sa tête réapparut. Il souriait. Sur un signe de lui, Kane et Cunningham s'engagèrent à leur tour dans le boyau.

Après l'éboulis, le passage était libre, mais le plafond si bas qu'ils devaient marcher courbés en deux.

Arrivés au bout du tunnel, ils débouchèrent sur une rampe qui descendait abruptement dans les eaux noires d'une rivière.

Kane promena le rayon de la lampe sur les parois de pierres noires couvertes de moisissures, mais ne put atteindre le plafond, qui devait être trop haut.

Cunningham s'accroupit, et ses talons s'enfoncèrent dans l'argile schisteuse.

— Il n'y a guère le choix, hein ?

— Attendez ici, dit Kane, je vais aller chercher les armes.

À son retour, Jamal et l'Anglais se trouvaient au bord de l'eau ; le Somali descendit lentement dans le courant, tenu des deux mains par Cunningham.

L'eau lui monta jusqu'à la poitrine. Il avança avec précaution, les deux mains tendues devant lui, atteignit la paroi d'en face, qu'il toucha du bout des doigts, et fit demi-tour, un large sourire aux lèvres.

Cunningham éclata de rire.

— J'ai l'impression que la chance commence à tourner.

— Espérons, dit Kane.

Il distribua les armes et confia la lampe-torche à Jamal. Le Somali prit la tête, suivi de Cunningham et de Kane.

L'eau était glaciale et, au bout d'un moment, atteignit leurs aisselles. Au début, Kane tint sa mitraillette au-dessus de sa tête, mais ses bras ne tardèrent pas à lui faire mal et il dut se résoudre à la poser sur l'épaule, la laissant en partie traîner dans l'eau.

Au fur et à mesure que le lit de la rivière rétrécissait, le courant devenait plus fort. Kane ne se trouvait qu'à environ trente centimètres derrière Cunningham et voyait Jamal, devant, qui tenait la lampe en hauteur.

Le plafond s'abaissa brusquement : il n'était plus désormais qu'à environ quatre-vingts centimètres de leurs têtes. Au même moment, Kane glissa, le courant l'emporta et il disparut sous l'eau.

Ses pieds touchèrent le fond, il remonta en talonnant violemment et revint à la surface. La lumière de la lampe l'éblouit et ses genoux heurtèrent une rampe d'argile en pente douce.

Il demeura un instant immobile, la poitrine en feu. Puis il se rendit compte de la présence à ses côtés de Cunningham. Jamal lui donna la main, et ils se retrouvèrent tous les trois debout avec de l'eau jusqu'aux genoux, tremblant de froid.

La rivière se déversait dans un large bassin circulaire et s'écoulait par une fente étroite dans le rocher, bloquée par un mur de pierres taillées qui s'élevait à près d'un mètre au-dessus de la surface de l'eau.

— J'ai l'impression que ce déversoir a été construit il y a longtemps, dit Cunningham.

— Oui, mais je ne vois pas bien à quoi il sert, observa Kane.

Il prit la lampe des mains de Jamal et se hissa sur la rampe. Le mur faisait à peu près trois mètres de haut, et l'eau qui s'écoulait par un grand nombre de brèches dévalait ensuite une pente. On en entendait l'écho dans l'obscurité.

— Ce devait être le lit primitif de la rivière, dit Kane. Le mur a été érigé là pour lui faire changer de direction.

Il braqua la lampe sur les eaux sombres du bassin.

— Ils ont dû construire une sortie artificielle, ajouta-t-il.

161

— Mais pourquoi ? dit Cunningham.

— Allez savoir ! Peu importe la raison, ce qui est important, c'est de trouver un moyen de sortir d'ici.

Kane déposa sa mitraillette sur le mur et donna la lampe à Cunningham.

— Éclairez-moi le mieux que vous pouvez. Je descends jeter un œil.

Il prit une profonde inspiration et disparut sous l'eau. Le bassin faisait environ trois mètres de profondeur, et la lumière lui permit de trouver presque aussitôt l'entrée d'un tunnel voûté d'environ un mètre vingt de haut.

Il s'enfonça à l'intérieur, ses doigts glissèrent le long de la pierre lisse, puis il manqua d'air et, paniqué, remonta en toute hâte à la surface.

— À quoi ça ressemble ? demanda Cunningham.

Kane s'appuya à la rampe d'argile, de l'eau jusqu'aux genoux.

— Il y a un tunnel tout juste assez large pour permettre à un homme de passer. J'ai nagé à l'intérieur, mais ça semblait ne mener nulle part.

Il se hissa sur le mur, et Cunningham dirigea le rayon de la lampe vers un boyau, en contrebas.

— Une fois encore, je crois qu'on n'a guère le choix.

Ils descendirent donc dans le boyau, ce qui ne présentait guère de difficultés grâce à l'irrégularité des pierres qui formait comme des marches d'escalier.

Le boyau étant en pente raide et extrêmement glissant, ils durent avancer avec précaution. Au bout d'un cinquantaine de mètres, ils se retrouvèrent face à une ouverture sombre.

Ils s'engagèrent dans ce tunnel où l'eau leur montait jusqu'aux chevilles, et Kane promena sur les parois le faisceau de la lampe, révélant des milliers de marques faites par le ciseau des tailleurs de pierre.

— C'est la rivière qui a dû creuser ce passage au début, commenta Cunningham, mais ensuite, on y a fait un travail considérable.

Kane continuait d'avancer. Une étrange excitation s'était emparée de lui. Le bruit de la rivière s'estompait derrière eux, et ils se retrouvaient seuls dans un monde de ténèbres et de mystères.

Le tunnel dessinait de nombreux coudes et continuait de descendre. Le niveau de l'eau montait. En tournant un coin, ils tombèrent soudain sur l'entrée d'un passage.

Cunningham jeta un coup d'œil interrogateur à Kane qui haussa les épaules.

— Autant aller voir !

Ils pénétrèrent dans une petite salle aux murs soigneusement appareillés. Sur deux côtés, comme des sentinelles, s'élevaient des jarres presque aussi grandes qu'un homme.

— Des jarres à grain, dit Kane.

Le rayon de sa lampe fit alors jaillir sur un mur des figures peintes de couleurs vives. Il s'agissait d'un triomphe antique. Des prisonniers, dont la plupart arboraient une barbe courte et bouclée, défilaient l'un derrière l'autre, les jambes enchaînées, le dos courbé sous la lanière des fouets brandis par des soldats en cuirasse, coiffés de casques.

— Mon Dieu ! s'écria Cunningham. Vous avez déjà vu une chose pareille ?

— Seulement dans la vallée du Nil, répondit Kane. Mais jamais en Arabie.

Ils reprirent leur progression le long du boyau, traversant de nombreuses salles servant de greniers, et finirent par déboucher sur un passage plus large soutenu par des colonnes et dont les murs étaient couverts de peintures.

À un moment, Kane s'arrêta devant une niche

abritant plusieurs jarres aux flancs peints. Il en prit une pour l'examiner de plus près.

— Ce sont des urnes funéraires, non ? demanda Cunningham.

Kane acquiesça.

— Tout cela forme un ensemble cohérent. D'abord les jarres à grain, et maintenant celles-ci. Ce sont des offrandes aux dieux pour que le défunt voyage en paix. On doit approcher d'une tombe.

Il regarda à l'intérieur de la jarre. Vide.

— Elle devait contenir de l'huile ou des épices... qui ont disparu avec le temps.

Cunningham examina une autre jarre, qui se révéla vide elle aussi. Kane s'apprêtait à poursuivre son chemin lorsqu'il avisa un vase plus petit, avec un bouchon scellé à l'argile, sur une étagère au fond de la niche.

Il posa la lampe d'une main et de l'autre souleva le vase. Mais la poterie lui glissa des doigts et alla s'écraser sur le sol.

Il dirigea le rayon de la lampe par terre : ils aperçurent un éclair doré et des reflets verts au milieu des tessons de terre cuite.

Kane s'agenouilla et ramassa un magnifique collier en or dont le pendentif s'ornait de trois émeraudes qui jetaient leurs éclats dans la lueur de la lampe.

Cunningham émit un petit sifflement.

— Je ne sais pas ce qu'ils donneraient, au British Museum, pour avoir une pièce comme celle-ci !

Kane enveloppa soigneusement le collier dans son mouchoir et le mit dans sa poche. Puis il reprit la lampe.

— J'ai comme dans l'idée qu'il y en a d'autres plus loin.

Ils descendirent une volée de marches et se retrouvèrent face à une porte en bronze. À présent, ils avaient de l'eau jusqu'aux cuisses. Cunningham ôta la barre fermant la porte, puis Kane et Jamal la poussèrent. Les gonds en bronze étant fichés dans la pierre, elle pivota facilement avec un léger craquement.

Pendant un moment, Kane demeura immobile sur le seuil, comme s'il savait d'instinct l'importance de ce qu'il allait découvrir. Cunningham le poussa en avant d'un geste impatient.

14

Ils pénétrèrent dans une vaste salle où l'eau montait jusqu'à environ quatre-vingt-dix centimètres de haut. Kane promena le pinceau lumineux de sa lampe sur les murs recouverts de peintures, et ce qu'il découvrit lui fit l'effet d'un coup de poing au visage.

Un roi debout devant son trône, au sommet d'un escalier. Autour du cou, il portait l'étoile de David, et il tendait les mains en avant pour accueillir une femme qui venait à sa rencontre, la longue traîne de sa robe tenue par douze servantes.

L'espace d'un instant, elle leur parut flotter en l'air, s'arrachant à l'obscurité, mais ce n'était qu'un effet de lumière. Elle regardait Kane, lointaine et austère, sa beauté figée pour l'éternité. Au-dessus des figures, se trouvait une inscription en sabéen. Il la traduisit lentement et, lorsqu'il eut terminé, les murs semblèrent onduler sous ses yeux, tandis qu'un étrange murmure parcourait la salle, comme si cette femme s'adressait à lui à travers le temps. Il appuya la tête contre la pierre froide.

— Que dit l'inscription ? demanda Cunningham, derrière lui.

Kane parvint à se ressaisir.

— Elle dit : « Le grand roi Salomon accueille Balquis. »

Cunningham vacilla légèrement, et Jamal s'avança pour le soutenir. À la lueur de la lampe, le visage de l'Anglais paraissait livide.

— Balquis, murmura-t-il. La reine de Saba.

Il s'arracha aux bras de Jamal, s'approcha et posa délicatement le bout de ses doigts sur le mur peint.

— Ce n'était qu'une légende biblique, reprit-il avec un respect mêlé de frayeur, et nous l'avons fait surgir à la vie.

Kane gagna le fond de la salle, où il découvrit une autre entrée flanquée de colonnes sculptées. À la place de la porte, s'élevait un mur de grosses pierres. Cunningham le rejoignit.

— Qu'en pensez-vous ? demanda-t-il, bouleversé.

— Je dirais qu'il y a là une forte influence égyptienne. Il doit y avoir une chambre funéraire de l'autre côté.

Cunningham semblait avoir du mal à parler.

— Vous croyez... que ça pourrait être... elle ?

— Tout est possible dans ce métier, vous le savez aussi bien que moi.

Cunningham hocha plusieurs fois la tête d'un air pensif et se tourna à nouveau vers les peintures murales. Son mouvement fit naître des vaguelettes qui allèrent mourir contre le mur. Il arracha la lampe des mains de Kane, se dirigea à grands pas vers le mur et s'agenouilla dans l'eau.

— L'eau, Kane ! s'écria-t-il d'une voix étranglée. Elle est en train de tout ronger. À la base, une partie des peintures a déjà disparu.

Kane lui reprit la lampe et, sans un mot, l'aida à se relever.

— Heureusement, ajouta Cunningham, nous avons fait la découverte à temps. Encore deux ans, et le barrage là-bas derrière s'effondrait : la rivière aurait tout submergé.

— Je sais, dit calmement Kane.

Cunningham se mit à rire comme un dément.

— Mais enfin, bon Dieu, vous vous rendez compte de ce que nous avons découvert ? C'est la plus grande découverte archéologique de tous les temps ! Nous allons être célèbres dans le monde entier !

— Ça me paraît peu vraisemblable, rétorqua Kane, car, vu la manière dont les choses se présentent, il y a de fortes chances pour qu'on ne puisse jamais sortir d'ici.

Ses paroles firent l'effet d'une douche froide à l'Anglais. Kane et Jamal regagnèrent la porte, tandis que Cunningham demeurait au centre de la salle. Lorsqu'il se décida à les rejoindre, les deux autres s'étaient déjà engagés dans le passage.

Alors qu'ils remontaient la pente glissante jusqu'au mur du bassin, Cunningham retint Kane par l'épaule. Il avait les traits tendus, le teint livide.

— Il faut sortir d'ici tout de suite, Kane. Il faut trouver un moyen.

— Oh, il existe un moyen assez simple, répondit Kane. Le problème, c'est de savoir si vous accepterez.

Jamal se hissa au faîte du mur et les aida à grimper. Kane promena le faisceau de la lampe sur les eaux du bassin.

— Vous pensez au tunnel qui est sous l'eau ? demanda Cunningham. Mais vous avez dit que c'était impossible.

— Ce serait possible s'il n'y avait pas d'eau.

— Je ne comprends pas, dit Cunningham en fronçant les sourcils.

— Ce n'est pourtant pas compliqué. Il faut aller rechercher les outils que nous avons laissés dans la grotte. Le mur est déjà en mauvais état, il ne serait pas difficile d'en démolir une partie pour vider le bassin et renvoyer la rivière dans son lit d'origine.

— Mais vous plaisantez ? Ça inonderait le passage, la grande salle et même probablement la tombe. Les peintures murales ne tiendraient pas une journée, sous l'eau. Elles disparaîtraient.

— Je sais, répondit calmement Kane. Mais je ne crois pas que nous ayons vraiment le choix. Car enfin, j'imagine que vous êtes toujours soucieux de la vie de votre femme...

Cunningham vacilla comme s'il avait reçu un coup de poing à l'estomac.

— Vous n'êtes pas obligé de venir, reprit Kane. Jamal et moi, nous pouvons nous charger de la besogne. En revanche, il faudra qu'on prenne la lampe. J'essaierai de faire aussi vite que possible.

— Ne vous inquiétez pas pour moi, dit Cunningham. Ça ira.

Un instant, Kane hésita, se demandant si l'Anglais n'allait pas tenter quelque manœuvre insensée, puis il haussa les épaules et alla expliquer la situation à Jamal.

Les deux hommes s'engouffrèrent dans le tunnel, refaisant en sens inverse le chemin jusqu'à la grotte.

À leur retour, Kane portait trois piques, et Jamal les masses et les pinces à levier. Ils entrèrent dans l'eau.

Jamal promena le pinceau lumineux sur les murs du bassin. Aucune trace de l'Anglais.

— Cunningham ! hurla Kane.

Son cri rebondit sur les murs de la grotte. Il s'apprêtait à appeler à nouveau lorsqu'ils entendirent des bruits de pas en contrebas. C'était Cunningham qui remontait le long de la rampe.

L'Anglais mit la main devant ses yeux pour se protéger du rayon de la lampe que Kane braquait sur lui.

— Vous avez été plus rapides que je ne le pensais. Je suis allé jeter un dernier coup d'œil, ajouta-t-il en désignant l'entrée du tunnel, en bas.

— Sans lumière ? s'exclama Kane, incrédule.

Cunningham sourit. La tension qui l'habitait semblait avoir complètement disparu.

— Je n'ai pas pu la voir, mais je savais qu'elle était là... Je crois que ça serait bien d'attaquer ici, à la base. Certaines pierres sont déjà à moitié pourries.

Kane adressa un signe de tête à Jamal qui leur passa les outils.

Il leur fallut une demi-heure pour ôter la première pierre, et la force incroyable de Jamal se révéla une fois encore inestimable. La pression poussa la pierre sur les derniers centimètres comme un bouchon hors d'une bouteille, un puissant jet d'eau jaillit de l'ouverture et dévala le long de la pente.

Le reste du travail leur parut plus facile. Jamal s'immergea à moitié et retira la pierre suivante à la main.

Quelques instants plus tard, l'eau atteignait déjà leurs genoux.

— Maintenant que nous avons ouvert une brèche, toute l'eau va se précipiter par ici. Il faut qu'on retourne vite de l'autre côté ! cria Kane à Cunningham.

Ils remontèrent sur le mur et se tinrent sur le banc de sable et d'argile qui s'était formé au cours des siècles au coin du mur et de la grotte. Petit à petit, le niveau de l'eau baissa dans le bassin.

La rivière retrouvait son ancien cours, et le mur commençait à vibrer sur toute sa longueur. Au bout d'une demi-heure, il s'effondra au centre et le flot s'engouffra dans l'ouverture.

On voyait déjà le haut du tunnel. Dix minutes plus tard, il ne restait plus que cinquante centimètres d'eau à l'intérieur. Le Somali prit la lampe, se courba en deux et pénétra dans le tunnel. Kane glissa la bretelle de sa mitraillette sur son épaule et le suivit.

Tandis qu'il progressait dans le boyau avec de

l'eau jusqu'aux genoux, Kane songeait aux hommes qui avaient travaillé là, dans les entrailles de la terre, des siècles auparavant. À ces hommes qui avaient travaillé dans l'obscurité, inlassablement, peut-être pendant des années, pour que leur reine puisse reposer en paix dans la mort.

Brusquement, ils se retrouvèrent dans un grand lac et durent se mettre à nager. Tenant la lampe au-dessus de sa tête, Jamal fit surgir des ténèbres une plate-forme et une rangée de colonnes sculptées.

Le Somali se hissa le premier sur la plate-forme, puis aida les deux autres à faire de même.

Kane s'avança entre les colonnes jusqu'à un large passage qui descendait en pente douce. Quelques instants plus tard, le rayon lumineux venait buter sur un mur de pierres nues. Il s'agenouilla pour examiner l'appareillage du mur.

— Apparemment, dit-il à Cunningham, ce bloc, là, au centre, doit pivoter.

Il parla rapidement à Jamal et le Somali se jeta lui aussi à genoux pour peser de toutes ses forces sur le bloc de pierre. En vain. Jamal laissa échapper un grognement, les muscles de son dos se tendirent comme des cordes, mais la pierre restait immobile.

Kane s'appuya lui aussi dessus, tandis que Cunningham faisait de même de l'autre côté. L'espace d'un instant, ils eurent l'impression d'affronter toutes les puissances du monde liguées contre eux, et puis la pierre se mit à tourner en grinçant.

Kane se releva et regarda autour de lui. Ils se trouvaient dans le temple, et la pierre qui avait pivoté était appareillée dans le socle de l'autel.

Ils la remirent en place et sortirent sur la grande terrasse inondée de soleil. La gorge s'étendait à leurs pieds, calme et tranquille.

— Pas un bruit, dit Cunningham, les sourcils froncés.

— La plupart des Bédouins sont partis hier après-midi avec la caravane, lui rappela Kane. Les autres ont dû décamper très tôt ce matin.

Ils descendirent en se dissimulant du mieux qu'ils pouvaient derrière les rochers. Arrivés en bordure de la cuvette, ils poursuivirent leur progression en rampant.

Le campement n'existait plus. Tentes, camions, tout avait disparu. Ils demeurèrent là un moment, indécis, jusqu'à ce que Jamal tapote doucement l'épaule de Kane et lui montre un mince filet de fumée qui s'élevait dans l'air, de l'autre côté de l'oasis.

La mitraillette à la main, Kane prit la tête de la petite colonne. Au moment où ils atteignaient les arbres, un chameau se mit à blatérer et l'on entendit un rire.

En lisière de l'oasis, ils aperçurent deux tentes de Bédouins et une dizaine de chameaux. Un homme accroupi devant un feu faisait la cuisine, tandis que trois autres se lavaient dans l'eau du bassin qui leur arrivait aux chevilles.

Kane se tourna vers Cunningham.

— Vous, contournez les tentes. Jamal passera de l'autre côté du bassin, et moi, j'avancerai tout droit.

Il attendit que ses deux compagnons fussent en place et quitta lentement le couvert des arbres. Il s'arrêta à un mètre environ du feu. Le Bédouin qui remuait quelque chose dans une casserole se mit à rire et leva la tête pour s'adresser aux hommes du bassin. Lorsqu'il aperçut Kane, son rire s'étrangla dans sa gorge.

— Faites ce que je vous dis, et il ne vous sera fait aucun mal, lui dit Kane en arabe.

L'homme se leva avec lenteur et haussa les épaules.

— Je ne suis pas idiot.

Il était plus âgé que Kane ne l'avait cru au premier abord. Il portait une barbe grisonnante, et son visage intelligent, aux traits fins, était sillonné de petites rides. Ses trois compagnons sortirent du bassin et vinrent se placer à ses côtés. Jamal et Cunningham marchaient derrière eux.

— Où sont les autres ? demanda Kane.

— On pensait que vous étiez morts, dit le vieil homme. Les deux Francs et leurs hommes sont partis en camion avant le lever du jour. Les Yéménites, eux, ont pris la route à l'aube.

— Et vous, pourquoi êtes-vous restés ?

— Nous sommes des Rachid, répondit simplement le vieil homme. Nous n'abandonnons pas ceux de notre tribu. Mon cousin se trouve dans une des tentes. Il est blessé. Vous lui avez tiré une balle dans l'épaule, hier soir. Un des Francs l'a extraite avant le départ.

— Et les femmes ?

— Elles ont été emmenées dans les camions.

— Vous avez compris ce qu'il a dit ? demanda Kane à Cunningham.

L'Anglais acquiesça.

— Qu'est-ce qu'on fait, maintenant ?

— Il n'y a qu'une seule chose à faire : les poursuivre. Il va falloir que vous nous aidiez, ajouta-t-il en se tournant vers le vieux Rachid.

Un murmure de mécontentement s'éleva des trois autres hommes, que le vieillard calma d'un geste de la main.

— Pourquoi le ferions-nous ? Vous êtes nos ennemis.

— Parce que vous n'avez pas le choix, répliqua Kane en levant sa mitraillette. Une fois que nous aurons mangé, vous choisirez pour nous vos trois meilleurs chameaux. De toute façon, le Somali est un expert.

— Puisque c'est la volonté de Dieu ! murmura le vieux Rachid.

Ses trois compagnons s'assirent, jambes croisées,

l'air maussade, tandis qu'il versait du café dans deux tasses en aluminium bosselées, qu'il tendit courtoisement à Kane et à Cunningham.

Kane but son café avec plaisir.

— On n'a aucun espoir de les rattraper, lança soudain Cunningham.

— Je sais, répliqua Kane, mais si on atteint Bir-el-Madani assez rapidement, nous pourrons prendre un des camions de Jordan et arriver peut-être à Dahrein avant leur départ.

— Le Ciel vous entende ! s'exclama Cunningham avec ferveur. Quand je pense à Ruth...

Sa voix s'étrangla et il se dépêcha d'avaler une gorgée de café.

Kane s'efforça de paraître rassurant :

— Il ne faut pas trop s'inquiéter. Skiros n'a aucune raison de quitter Dahrein en toute hâte.

Mais son optimisme n'était que de façade. Skiros faisait toujours preuve de prudence. Sinon, comment expliquer son départ précipité ? Peut-être s'était-il rendu compte que la chance avait tourné et, en bon joueur, avait-il décidé de se retirer tant qu'il pouvait encore le faire la tête haute.

Fronçant les sourcils pour se protéger les yeux de la lumière, Kane observa un vautour qui s'immobilisait un bref instant avant de descendre en décrivant de grands cercles. Dans la vie, on n'est jamais sûr de rien. Si ce pays lui avait enseigné quelque chose, c'était bien cela.

15

Ils partirent une heure plus tard avec les trois chameaux qui, de l'avis de Jamal, étaient en meilleure forme. Kane et Cunningham portaient les aguals et les larges djellabas de Bédouin que les Rachid leur avaient cédés à contrecœur, et Jamal emmenait sur sa selle deux outres d'eau en peau de chèvre.

Kane montait un mâle noir, haut et puissant, qui se déplaçait sur l'immense plaine plate à une vitesse incroyable. Il regarda avec surprise la carcasse noircie du Catalina et les morceaux de métal tordu éparpillés sur des centaines de mètres. Il lui semblait impossible qu'ils aient pu le détruire aussi complètement, mais déjà le souvenir de cette affaire avait perdu de son piquant, comme si elle n'avait jamais eu lieu.

En quittant la plaine pour aborder les dunes de sable, il releva sur son visage l'un des pans de son agual pour se protéger de la chaleur terrible qui commençait à les assaillir. À perte de vue, le moutonnement des grosses vagues de sable. Il se cala plus confortablement sur sa selle en bois et pressa l'allure de son chameau.

Il se retourna. Jamal se trouvait juste derrière lui, et Cunningham un peu en arrière, le visage lui aussi à moitié couvert par son agual. L'Anglais le salua d'un signe de la main, et Kane reporta toute son attention sur la piste qui s'étirait devant lui.

Les chameaux maintenaient une allure régulière, leurs longues jambes martelant inlassablement le sol, et Kane, bercé par le balancement de la bête et les yeux mi-clos pour se protéger de la luminosité, se laissa aller à une vague torpeur.

Qu'allait faire l'Allemand ? Il gagnerait probablement Dahrein en confiance, certain que personne ne le suivait. Il pouvait même se permettre de demeurer quelques jours dans cette ville pour régler ses affaires, avant d'avoir à redouter l'enquête que finirait par mener le consul des États-Unis à Aden.

Mais que comptait-il faire des femmes ? Kane se rappela la conversation qu'il avait surprise dans la tente la nuit précédente. Qu'avait donc dit Skiros ? Qu'il avait un compte personnel à régler avec Marie Perret.

Un frisson le parcourut, et il se hâta de chasser de son esprit les images effroyables qui l'assaillaient. Pour l'heure, il convenait de songer avant tout à cette traversée du désert jusqu'à Bir-el-Madani.

La matinée se passa comme en rêve, et l'après-midi ils continuèrent leur progression tels de grands navires flottant sur le sable. Souvent, ils durent mettre pied à terre pour aider les chameaux à franchir une dune particulièrement élevée, et une fois ils s'arrêtèrent pour boire un peu d'eau et partager une poignée de dattes.

Cunningham paraissait épuisé, ses yeux étaient rougis et son visage couvert de sable collé par la sueur. Kane avala en grimaçant une gorgée d'eau âcre, au goût déplaisant, et considéra son compagnon d'un air inquiet.

— Ça va, vous tenez le coup ?

Cunningham réussit à sourire.

— Un peu sonné, mais ça va. N'oubliez pas que j'ai fait ce trajet dans l'autre sens.

Ils remontèrent en selle. Le soleil était haut dans le ciel et leur brûlait le corps comme un fer rouge. Kane pencha la tête sur la poitrine et laissa le chameau trouver tout seul son chemin. Il était fatigué... très fatigué. Il s'était passé trop de choses au cours des trois ou quatre derniers jours. Trop pour un seul homme.

Il avait dû perdre à moitié connaissance pendant le reste de l'après-midi, car il se rendit compte soudain que le soleil était déjà bas sur l'horizon. Jamal s'était porté à sa hauteur et tirait sur les rênes de son chameau.

Kane mit pied à terre et secoua la tête pour se réveiller tout à fait. Il avait la bouche sèche comme du papier de verre, et pleine de poussière. Cunningham se jeta sur le sol à ses côtés, et Jamal fit circuler la gourde. Ils en burent deux gorgées chacun, ce qui acheva de la vider.

Jamal retourna à son chameau auprès duquel il se tint, impassible, le regard fixé au loin. Cunningham, lui, avait l'air hagard, et sa peau semblait tirée sur ses pommettes.

— Qu'est-ce qu'on va faire ? demanda-t-il presque en croassant. On continue pendant la nuit ?

Kane opina du chef.

— Les chameaux ne sont pas fatigués. Nous aurons soif avant eux. Il vaut mieux profiter de la fraîcheur de la nuit.

— Et Skiros ?

— Lui, c'est autre chose. Il ne va probablement pas tarder à installer son campement.

Kane se leva avec difficulté et reçut en plein visage une gifle de sable soulevé par le vent. Au même moment, Jamal se précipita vers eux, le regard brillant.

Le Somali mit sa main en conque autour de son oreille, et Kane écouta avec attention. Dans le lointain, portés par le vent, on entendait des bruits de voix.

Kane sentit la fatigue s'envoler de ses épaules comme un vieux manteau.

— Vous avez entendu ? demanda-t-il à Cunningham.

L'Anglais hocha la tête.

— Ils ont peut-être eu un problème et ils ont décidé d'installer leur campement plus tôt que prévu.

— En tout cas, ils vont avoir une autre surprise, dit Kane.

Après avoir entravé les chameaux, ils poursuivirent prudemment leur chemin. Les traces de roues contournaient une dune ; après un instant d'hésitation, Kane se lança à l'assaut de la pente raide. Les trois hommes s'enfonçaient dans le sable jusqu'aux genoux.

Kane franchit le dernier mètre sur le ventre et guigna par-dessus la crête. Une tente était dressée dans un creux, à une vingtaine de mètres en contrebas. Un camion était arrêté à côté, capot levé, et un Arabe s'affairait au-dessus du moteur.

Au moment où Cunningham rejoignait Kane, Ruth sortit de la tente, poussée par Sélim. Elle semblait avoir perdu tout espoir, et se dirigea en traînant les pieds vers un réchaud à alcool allumé à quelques pas de la tente. Elle ramassa une poêle et la posa dessus, tandis que Sélim se tenait à côté d'elle en riant.

Cunningham se redressa à moitié. Kane le tira violemment derrière la crête de la dune.

— Ne faites pas l'imbécile ! À cette distance, vous avez autant de chances de toucher Ruth que Sélim, et si vous tentez de vous approcher, il aura tout le temps de la mettre au bout de son fusil.

— Mais il faut faire quelque chose ! s'écria Cunningham. On ne peut pas se permettre d'attendre que la nuit tombe.

Kane réfléchit et, au bout d'un moment, il parut tout excité.

— Je crois que j'ai une idée.

Il expliqua rapidement son plan et, lorsqu'il eut terminé, Cunningham se redressa et hocha lentement la tête.

— Je crois que ça peut marcher.

Il voulut se lever, mais Kane le retint par la manche.

— C'est moi qui vais y aller. Vous ne m'avez pas l'air très en forme.

— C'est ma femme, objecta l'Anglais, les mâchoires serrées, alors c'est moi qui m'en charge.

Kane ne chercha pas à discuter. Cunningham vérifia la bonne marche de sa mitraillette et la glissa sous sa djellaba où il la tint d'une main. Un dernier sourire, puis il rabattit en arrière son agual et se redressa au sommet de la dune.

Ils ne le virent pas tout de suite. D'une voix rauque, il s'écria alors :

— De l'eau ! De l'eau, pour l'amour de Dieu !

Puis il s'avança en titubant, s'effondra sur le sol et roula jusqu'au bas de la pente.

Au premier cri, Sélim et son compagnon s'étaient rués sur leur arme. Cunningham demeura un moment immobile au pied de la dune. Ensuite, il se releva avec difficulté et s'approcha un peu.

— De l'eau ! gémit-il avant de retomber, face contre terre.

Ruth bondit sur ses pieds et voulut se précipiter vers son mari, mais Sélim la saisit par l'épaule et la força à rentrer dans la tente.

Cunningham se mit péniblement à genoux et tendit une main suppliante. Sélim éclata de rire, hurla quelque chose d'inintelligible à son compagnon, posa son fusil sur le sol et s'avança.

L'Anglais se leva alors d'un bond et sortit sa mitraillette. Sélim se retourna mais, avant qu'il ait pu faire un pas pour récupérer son fusil, une rafale dans le dos le cloua sur place.

L'autre homme se tenait toujours devant le camion, le fusil à la main. L'arme à la hanche, sans viser, il tira. Cunningham lâcha une longue rafale qui souleva le sable devant l'homme et le projeta violemment dos au camion. Il s'écroula.

Cunningham s'approcha de quelques pas et contempla le cadavre de Sélim qui gisait dans le sable. Un pan de la tente se souleva... C'était Ruth, qui se précipita dans les bras de son mari.

Kane apparut au sommet de la dune. Il regarda le couple enlacé, et une saute de vent lui envoya du sable dans les yeux. Il descendit la dune, suivi de Jamal.

Cunningham serrait dans ses bras sa femme qui tremblait.

— C'est fini, murmurait-il, il ne pourra plus te faire de mal.

Sélim était mort, les doigts crispés dans le sable, et Kane le contempla sans la moindre pitié. L'autre homme, lui, gémissait de façon horrible, et Jamal s'agenouilla à ses côtés pour lui soulever la tête. Puis il fut pris d'une quinte de toux, cracha du sang, et sa tête roula sur le côté.

— Il est mort ? demanda Kane.

Le Somali hocha la tête et montra du doigt le camion. Une longue rangée de trous ornait la carrosserie, et, ce qui était plus grave, les balles avaient crevé le bidon d'eau fixé sur les flancs du véhicule. Lorsque Kane alla examiner le moteur, il s'aperçut qu'il était hors d'usage.

Il revint vers Cunningham et sa femme.

— Avec votre dernière rafale, vous avez touché le camion. On ne peut plus compter que sur les chameaux pour quitter cet endroit. Comment vous sentez-vous ?

Cunningham était pâle, mais il réussit à sourire.

— Bien mieux, maintenant que Ruth est sauvée.

Le vent se levait, poussant le sable au fond de la cuvette, gémissant autour du camion. Kane glissa sa mitraillette sur son épaule.

— Je crois qu'il y a une tempête qui se prépare. Vous deux, allez vous mettre à l'abri dans la tente. Jamal et moi, on va récupérer les chameaux.

Ils escaladèrent à nouveau la dune, mais lorsqu'ils arrivèrent au sommet, le vent souleva brusquement un rideau de sable qui dissimula tout à leurs yeux.

Kane rabattit sur son visage un pan de son agual et entreprit de descendre la dune. Leurs traces avaient déjà disparu et, quelques instants plus tard, ils se retrouvèrent enveloppés de tourbillons de sable.

Impossible de voir quoi que ce soit. Kane s'immobilisa, puis avança d'un pas et heurta Jamal. En se tenant fermement par le bras, les deux hommes firent demi-tour et gravirent à nouveau la dune. Une fois au sommet, ils dévalèrent l'autre versant et gagnèrent le campement à tâtons.

Le sable s'amoncelait déjà au pied de la tente. Quand elle les vit entrer, Ruth Cunningham s'écria d'une voix effrayée :

— Combien de temps est-ce que ça va durer ?

Kane retira son agual et s'efforça de prendre un air insouciant.

— Bah, une heure ou deux. Peut-être un peu plus. Inutile de s'inquiéter.

Jamal noua soigneusement l'entrée de la tente et s'assit devant, bras croisés. Cunningham serra sa femme contre lui.

— Comment vous sentez-vous ? demanda Kane à Ruth.

— Je ne m'attendais plus à vous revoir, répliqua-t-elle, toujours tendue, comme si elle avait peine à se croire délivrée de son cauchemar. Après la fusillade d'hier soir, Skiros nous a dit que vous aviez été ensevelis sous des tonnes de rochers.

— Que s'est-il passé aujourd'hui ? demanda Kane. Pourquoi se sont-ils séparés ?

D'une main, elle rejeta en arrière une mèche de cheveux.

— C'était horrible. On a quitté le temple ce matin, à bord de deux camions. Skiros, Muller et Marie se trouvaient dans le premier ; et Sélim, un homme à lui et moi, dans l'autre.

— Pourquoi étais-tu avec Sélim ? demanda son mari.

Elle rougit.

— Skiros avait conclu un arrangement avec Sélim ; il avait besoin de son aide une fois arrivé à Dahrein. Le prix demandé, c'était moi.

Il y eut un bref moment de silence.

— Ça n'explique toujours pas pourquoi vous vous êtes séparés, insista Kane.

— Le camion a eu des ennuis de moteur. Sélim a dû s'arrêter pour les réparations, mais Skiros a préféré continuer. Ils devaient se retrouver dans un lieu nommé Hazar, près de Bir-el-Madani.

— Ils attendront longtemps Sélim, dit Cunningham.

Ruth tortillait nerveusement ses mains sur ses genoux.

— Il n'arrêtait pas de me raconter ce qu'il allait me faire, une fois que le campement serait dressé pour la nuit. Il était répugnant.

Cunningham la serra contre lui ; elle enfouit la tête au creux de son épaule et se mit à pleurer, le corps tout entier secoué de sanglots.

Dehors, le vent hurlait de façon terrifiante, jetant des paquets de sable contre la toile mince de la tente. Kane baissa la tête sur ses genoux et se détendit ; tous ses muscles lui faisaient mal.

Petit à petit, l'obscurité les enveloppa, et le vent devint si violent que Jamal et Kane durent s'agripper aux piquets pour que la tente ne soit pas arrachée.

Quatre heures plus tard, la tempête cessa aussi soudainement qu'elle avait commencé. Kane souleva un pan de toile et se glissa à l'extérieur. Le ciel était clair, c'était une nuit de pleine lune. Les flancs de la tente ployaient sous l'amoncellement de sable, et le camion était à moitié enseveli. Cunningham vint le rejoindre.

— Qu'est-ce qu'on fait maintenant ?

— On va voir si on peut retrouver les chameaux. Je vais prendre Jamal avec moi.

— Vous n'avez pas l'air très optimiste, fit remarquer Cunningham.

— La tempête a été très violente. Les chameaux avaient beau être entravés, quand ils sont pris de panique, ils peuvent avoir une force terrible et arriver à se détacher.

Il appela Jamal et les deux hommes escaladèrent à nouveau la dune. D'en haut, la vue était spectaculaire. Les dunes ondulaient jusqu'à l'horizon, sculptées par la lumière blanche de la lune qui délimitait entre elles des creux sombres et menaçants.

Ils descendirent l'autre versant et se dirigèrent vers l'endroit où ils pensaient avoir laissé leurs montures. La tempête avait effacé toutes leurs traces, et Kane sentit son cœur battre plus rapidement dans sa poitrine. Il s'immobilisa et siffla plusieurs fois dans l'air froid de la nuit. Aucun cri ne lui répondit.

Ils se séparèrent. Une heure plus tard, ils revenaient au camp. Sans les chameaux.

Cunningham était assis dehors, serrant contre lui les pans de sa djellaba pour se protéger du froid. Il se leva à leur approche et fut bientôt rejoint par Ruth.

— Pas de chance, annonça Kane. Ils doivent être à des kilomètres, à présent. Et ils ont emporté notre dernière outre d'eau.

Cunningham passa un bras autour des épaules de sa femme.

— Qu'est-ce qu'on fait ?

— Il n'y a pas le choix : on se met en route.

— Mais le point d'eau le plus proche se trouve à Shabwa, objecta Cunningham, c'est-à-dire au moins à soixante-cinq kilomètres d'ici. C'est impossible... surtout pour Ruth.

Kane alla récupérer dans le camion le compas vissé au tableau de bord. Lorsqu'il revint, son visage était sombre.

— Il n'y a pas d'autre solution. Il faut partir, et partir tout de suite ! Avec un peu de chance, on arrivera peut-être à parcourir trente ou trente-cinq kilomètres avant le lever du jour. Si on ne les fait pas, on est morts !

Cunningham se tourna vers sa femme.

— C'est à cause de moi que tu te retrouves dans cette situation. Si tu savais comme je regrette !...

En souriant, elle lui caressa la joue du bout des doigts.

— Je suis avec toi. C'est ça qui est important.

Ils se regardaient dans les yeux, seuls au monde.

16

En fouillant le campement, ils découvrirent beaucoup de nourriture, mais seulement une gourde en aluminium remplie d'eau. Pour quatre, c'était ridicule. Kane était bien décidé à ne l'utiliser qu'à la toute dernière extrémité.

À minuit, il passa la gourde à son épaule et se mit en route d'un bon pas en tête de la petite troupe. Il faisait un froid mordant, et il se sentait plein d'énergie. Pourtant, il ne pouvait s'empêcher de penser que dans six heures ils seraient exposés aux rayons meurtriers du soleil. Combien de temps pourraient-ils encore marcher ? Cela, personne n'aurait pu le dire.

C'était Ruth qui allait leur poser un problème. Il s'arrêta pour consulter le compas et jeta un coup d'œil par-dessus son épaule. Jamal se trouvait près de lui, tandis que Cunningham et sa femme marchaient à une vingtaine de mètres en arrière.

Kane se remit en marche, s'efforçant le plus souvent de contourner les dunes. Mais parfois, cela se révélait impossible, et ils devaient alors les escalader, au prix de terribles efforts.

Deux heures plus tard, ils abordèrent une vaste plaine caillouteuse qui s'étendait jusqu'à l'horizon. Kane s'arrêta pour faire le point et Jamal lui tapota l'épaule. Kane se retourna.

Cunningham et sa femme se trouvaient à près de deux cents mètres en arrière. Kane s'assit dans le sable et les attendit. Il se leva à leur approche, mais Ruth s'effondra alors sur le sol avec un long soupir.

— J'ai l'impression d'avoir déjà fait trente kilomètres.

— J'ai bien peur que nous n'en ayons fait que douze ou treize, rétorqua Kane. Il faut au moins avoir couvert quarante kilomètres avant que le soleil soit trop haut dans le ciel, sinon, nous n'avons aucune chance de nous en sortir.

— Pour vous ça va, dit Cunningham, mais Ruth n'arrive pas à tenir le rythme. Vous marchez trop vite.

Elle posa la main sur le bras de son mari.

— Gavin a raison, John. Ne t'inquiète pas pour moi, ça ira.

— Je sais que c'est dur, dit Kane, mais il faut absolument avancer.

Cunningham se leva.

— Dans ce cas, qu'est-ce qu'on attend ?

Il leur fallut près de trois heures pour traverser la plaine caillouteuse. Ruth se sentait beaucoup mieux et, lorsqu'ils atteignirent à nouveau une région de dunes, ils marchaient tous ensemble.

Aguerri par des années de vie à la dure, Kane ne sentait pas la fatigue. D'ailleurs, il ne songeait pas à l'heure présente, mais à celles qui allaient suivre. Il finit pourtant par chasser ces inquiétudes de son esprit et par penser à autre chose.

Il se rappela alors qu'Alexias avait accompli ce périple avant lui, sans compas, et s'efforça de retrouver l'image qu'il s'était forgée de ce Grec la première fois qu'il avait lu le manuscrit.

De toute évidence, l'homme avait un caractère bien trempé. Il croyait à son destin et à sa faculté de surmonter tous les obstacles. Mais n'y avait-il pas autre chose ? Quelque chose qui l'avait poussé à sortir vivant du désert, alors qu'en toute logique il aurait dû y périr. Une femme, peut-être, qui l'attendait chez lui ?

Il n'y avait pas de réponse à sa question. Il s'arrêta encore pour consulter le compas. Il était près de cinq heures. Il s'assit pour attendre les autres.

Dans la clarté blafarde de la lune, Ruth Cunningham semblait livide, et son mari la regardait avec inquiétude. Il l'aida à s'asseoir près de Kane, tandis que Jamal distribuait à la ronde des dattes et du riz.

Ruth refusa sa ration, mais Kane la prit des mains du Somali et la lui tendit.

— Il faut garder vos forces.

Avec un faible sourire, elle avala une bouchée de riz.

— À votre avis, demanda Cunningham, combien on a fait de kilomètres ?

— Je ne sais pas... trente-cinq ou quarante. On a bien avancé sur la plaine.

Cunningham leva les yeux vers le ciel.

— Il commence à faire plus clair.

— Dans une heure, ce sera l'aube, dit Kane. Après ça, il nous restera peut-être encore une heure avant que le soleil ne se mette vraiment à chauffer.

— Et ensuite ?

— On verra bien quand on y sera, répondit Kane d'un ton fataliste.

Il se leva et se remit en route d'un bon pas. Arrivé au sommet de la dune suivante, il se retourna : les Cunningham marchaient eux aussi d'un pas décidé, quelques mètres derrière lui.

Ils avaient parcouru douze ou treize kilomètres supplémentaires lorsque le disque rouge du soleil s'éleva au-dessus de l'horizon et que sa chaleur dissipa le froid qui les glaçait jusqu'aux os.

Kane accéléra l'allure, les yeux sur l'horizon, surveillant la lente montée de l'astre dans le ciel, avec dans le cœur quelque chose comme du désespoir. Pour la première fois, il eut l'impression que leurs efforts étaient vains, qu'ils tentaient l'impossible. Ce serait un véritable miracle s'ils marchaient encore à midi.

Le soleil était une boule de feu dont les rayons lui transperçaient le crâne. Comme une petite brise soulevait la poussière du sol, il releva sur son visage les coins de son agual.

Plus d'air pour emplir les poumons, seulement l'haleine brûlante du soleil, qui cuisait la peau, craquelait les lèvres et desséchait la gorge.

Il se prit à penser à la gourde et promena ses doigts dessus. Puis il la regarda, imaginant la fraîcheur de l'eau coulant dans sa gorge en feu et se répandant dans tout son corps. Il finit par la repousser derrière lui, dans le creux des reins, là où il ne pouvait pas la voir, et entreprit d'escalader une haute dune de sable.

Une fois en haut, il éprouva pour la première fois de la fatigue dans les jambes et il s'arrêta, tremblant, la sueur jaillissant de tous les pores de sa peau, vidant son corps de tout le liquide nécessaire à la vie.

Il mit sa main en visière pour inspecter les alentours, et un éclair rouge l'éblouit dans le lointain. C'était l'épave du Rapide dans lequel Ruth et lui s'étaient écrasés, quatre jours auparavant.

Un espoir insensé l'envahit soudain, car il y avait un bidon plein d'eau dans l'avion. Malgré les quatre jours écoulés et la chaleur de fournaise, il devait en rester dedans.

Songeant alors qu'il n'avait plus vu ses compagnons depuis un certain temps, il se retourna et aperçut Jamal au pied de la dune, qui tenait Ruth dans ses bras. Cunningham, lui, avait déjà commencé l'ascension, mais il avait le visage gonflé et les yeux brillants de fièvre.

Il tomba à genoux à quelques pas de Kane et se

passa lentement la main sur le visage. Finalement, il réussit à se remettre debout, mais quand il ouvrit la bouche, sa voix semblait venir de très loin :

— Il faut qu'on se repose.

Kane passa sa langue sur ses lèvres craquelées.

— Non, il faut continuer.

Cunningham secoua la tête d'un air buté.

— Faut se reposer.

Il fit un pas en titubant et ses genoux se dérobèrent sous lui. Kane tenta de le rattraper, mais, entraîné par son poids, il tomba à son tour, et les deux hommes roulèrent jusqu'au pied de la dune dans un nuage de poussière.

Cunningham était étendu, bras et jambes écartés. Kane s'agenouilla à ses côtés et lui glissa un peu d'eau entre les lèvres. Jamal apparut alors au sommet de la dune et les rejoignit en peu de temps. Il déposa Ruth près de son mari et regarda Kane d'un air interrogateur.

Kane lui signala la présence de l'avion et un éclair passa dans les yeux du Somali. À ce moment-là, Cunningham se redressa en poussant un grognement :

— Où est-ce qu'on est ? Qu'est-ce qui s'est passé ?

La voix était faible, comme si déjà elle leur parvenait d'outre-tombe.

Kane l'aida à se relever et passa un bras autour de ses épaules.

— Ne vous inquiétez pas, dit-il d'un ton rassurant. Ce n'est plus loin, maintenant. Plus loin du tout.

Il adressa un signe de tête à Jamal qui reprit Ruth Cunningham dans ses bras, et ils se remirent en route.

Il leur fallut un peu plus d'une heure pour atteindre l'avion, mais à ce moment-là Cunningham n'était plus qu'un poids mort dans les bras de Kane. Il posa l'Anglais sur le sol, le tira sous une aile, à l'ombre, et l'adossa à la carlingue. Laissant Jamal s'occuper de Ruth, il grimpa ensuite dans l'avion.

Il trouva tout de suite le jerricane. Ses mains tremblaient lorsqu'il le sortit. Il dévissa le bouchon et porta le bidon à ses lèvres. L'eau était chaude, amère, mais c'était du liquide, et il semblait y en avoir deux ou trois litres.

Il se glissa sous les ailes et mit un peu d'eau sur le visage de Ruth Cunningham. Elle poussa un gémissement et ouvrit lentement les yeux. La peau était tendue sur ses pommettes, et ses lèvres craquelées en plusieurs endroits. Il lui souleva doucement la tête et lui versa de l'eau dans la bouche.

Elle toussa, rejetant un filet de liquide sur son menton, puis sembla revenir à la vie et attrapa le bidon qu'elle colla goulûment à ses lèvres.

Elle se rallongea avec un long soupir, et Kane alla voir Cunningham. L'Anglais semblait en meilleure forme, et il parvint à lui sourire faiblement.

— J'ai été un vrai fardeau. Désolé. Et maintenant ?

Kane montra le bidon.

— Il y a environ deux litres d'eau là-dedans. Ça devrait vous suffire pour le reste de la journée.

— Et vous, et Jamal ?

— Nous, on continue. On n'a pas le choix. Votre femme et vous, vous ne pouvez plus avancer. Si nous restons avec vous, nous mourrons tous les quatre. Si Jamal ou moi arrivons jusqu'au bout, on vous enverra des secours.

Un moment de silence suivit ses paroles, puis l'Anglais murmura :

— Vu comme ça, effectivement, il n'y a pas vraiment le choix. Je ne peux vous dire qu'une seule chose : bonne chance. Allez, bon Dieu ! Qu'est-ce que vous attendez ?

Kane lui étreignit la main, puis se dirigea vers

Jamal. Il but la moitié de la gourde et la tendit au Somali qui la vida. Les deux hommes se regardèrent un instant dans les yeux, puis se mirent en marche. Au sommet d'une petite dune, Kane se retourna pour jeter un dernier regard, puis disparut de l'autre côté.

Le soleil était devenu comme un être vivant qui faisait partie de lui, et ils marchaient ensemble. Impossible de dire combien de temps s'était écoulé depuis qu'ils avaient quitté l'avion, parce que le temps avait cessé d'exister et n'avait plus aucune signification.

Un homme ne peut marcher avec une cuirasse et des jambières. Mieux valait s'en débarrasser. Il avait jeté son casque depuis longtemps et n'était plus alourdi que par son glaive, le glaive court du soldat romain. Pour se protéger du soleil, il avait noué sur sa tête son manteau de cavalier. Avancer, coûte que coûte, remettre son rapport au général. Le devoir d'abord, comme il convient à un soldat, mais il y avait une autre raison. La fille... cette fille aux cheveux noirs, à la peau laiteuse, à la bouche fraîche comme un puits. Presque aussi fraîche que la mer au Pirée, là où il nageait, enfant, plongeait dans les profondeurs vertes au milieu des bancs de poissons qui s'enfuyaient en myriades scintillantes.

Il s'effondra face contre terre. Il demeura un moment agenouillé, comme un animal, puis il sentit qu'on le remettait sur ses pieds et qu'on le giflait au visage. Jamal le tenait à bout de bras et le regardait d'un air inquiet. Kane voulut parler. En vain. Alors, il hocha plusieurs fois la tête et se remit en marche.

L'effort devenait une torture, la douleur irradiait dans tout son corps. Puis elle sembla s'évanouir.

Ne demeurait en lui qu'une petite flamme qui l'empêchait de s'allonger et de se laisser mourir.

Le vent souleva de côté son agual, laissant la peau nue sous la morsure du soleil. Il s'écroula à nouveau dans le sable, et Jamal le remit une nouvelle fois debout. Plus tard, il se retrouva sur les larges épaules du Somali et il secoua la tête pour tenter d'éclaircir ses pensées. Il n'y parvint pas et s'abandonna au vide noir de la chaleur.

Il avait du sable dans la bouche et les doigts crispés dans le sol, mais cette fois, aucun bras puissant ne vint le soulever. Cette fois, il était seul. Complètement seul. Jamal était parti.

Il ne retrouverait jamais cette fille, la fille aux bras blancs et à la bouche fraîche, celle qu'il avait attendue toute sa vie pour fusionner en un être unique, savourant l'existence de la seule façon possible... ensemble.

Qui était-il, Gavin Kane ou Alexias le Grec, centurion de la Xe légion ? Et qui était la fille aux bras blancs et à la bouche fraîche ? Pas de réponse. Nulle réponse, jamais.

L'eau éclaboussa son visage avec violence, coula dans sa bouche, le fit tousser. Une main lui souleva la tête et ses dents se refermèrent sur le goulot d'une gourde métallique. Il but avec avidité et se plia en deux, le ventre tordu par une crampe.

Il ouvrit ses yeux gonflés et se vit allongé sur les genoux de Jordan. Un camion était arrêté un peu plus loin.

— Là-bas... dans le désert, dit-il d'une voix rauque. Il y a Ruth Cunningham et son mari. Il faut... aller les chercher, vite.

— Ne t'inquiète pas, le rassura Jordan. On s'occupe de tout. Deux de mes hommes sont déjà partis les chercher avec l'autre camion. C'est le grand

Somali qui va les guider. Ce Jamal... c'est un sacré gaillard !

Mais Kane n'écoutait plus. Son corps fut parcouru d'un grand frisson, il laissa échapper un soupir de soulagement, ferma les yeux et s'abandonna à l'obscurité.

17

Il ouvrit lentement les yeux. Pendant un moment, tout souvenir semblait effacé. Il se redressa sur son coude, pris de panique, puis il se rappela et s'allongea à nouveau avec un soupir de soulagement.

Il était étendu sur un lit de camp, sous un abri de toile tendu entre quatre piquets. Deux camions étaient garés juste à côté, et plusieurs tentes dressées un peu plus loin.

En le voyant bouger, Jamal, qui était accroupi au pied du lit, se leva et se pencha sur lui. Lorsque leurs regards se croisèrent, un large sourire apparut sur le visage du Somali, et Kane tendit la main sans rien dire.

Jamal la saisit, et le sourire s'évanouit sur ses lèvres. L'espace d'un instant, ils furent unis par un sentiment qui n'avait jamais existé entre eux auparavant, puis Jamal se détourna et alla prévenir Jordan, qui s'affairait devant un réchaud à alcool au centre du campement.

Jordan s'approcha, une cafetière dans une main, une tasse en plastique dans l'autre.

— Un café, monsieur ? proposa-t-il gaiement.

Kane balança les pieds par terre et s'assit sur le rebord du lit. Il se sentait curieusement faible, l'esprit léger, et tout ce qui l'entourait lui paraissait flou, comme frappé d'irréalité.

Il avala une gorgée de café brûlant.

— J'ai l'impression que je ne devrais pas être ici.

— C'est le moins qu'on puisse dire ! lança Jordan.

Le campement était dressé dans des contreforts montagneux, et le désert s'étendait au-delà.

— Où sommes-nous ? demanda Kane.

— À dix-huit, dix-neuf kilomètres de Shabwa. Je me suis dépêché d'installer le campement ici, parce que je ne savais pas dans quel état se trouvaient Cunningham et sa femme.

— Alors, comment vont-ils ?

Jordan lui offrit une cigarette.

— Un peu déshydratés, mais à part ça, ça va. Je leur ai donné à tous les deux un sédatif, ils dorment dans une tente.

Kane inhala profondément une bouffée de cigarette.

— Heureusement que tu as rencontré Jamal. Mais qu'est-ce que tu fabriquais, aussi loin dans le désert ?

— Ça faisait trois jours que je vous cherchais. Quand Marie n'est pas rentrée, le chauffeur du camion a attendu jusqu'au lendemain matin, et ensuite il est venu me prévenir. J'ai trouvé l'avion hier, mais aucune trace du camion. Je pensais qu'il avait dû tomber en panne au retour. On était en train de fouiller la région entre ici et l'avion, lorsqu'on a croisé le Somali.

Kane jeta un coup d'œil à Jamal qui, accroupi devant le réchaud à alcool, mangeait un bol de riz sous l'œil attentif des hommes de Jordan.

— Nous lui devons la vie.

— Ça, c'est sûr, mais tu ne veux pas me raconter ce qui s'est passé pendant ces quatre jours ? Où est Marie ?

Le plus brièvement possible, Kane lui fit le récit

des derniers événements. Lorsqu'il eut terminé, Jordan ne cacha pas sa surprise.

— Skiros, un nazi ! Ça, c'est la chose la plus incroyable que j'aie jamais entendue !

— Oui, fit Kane, mais je suis surtout inquiet pour Marie. Ruth Cunningham nous a dit qu'ils devaient attendre Sélim à Hazar.

— J'y suis passé il y a deux semaines, dit Jordan. Il y a une tribu de Bédouins qui campe là-bas... les Bal Harith. Leur chef s'appelle Mahmoud, c'est un vieux rusé avec une barbe grise.

— Je le connais. J'ai déjà traité des affaires avec lui. Maintenant que j'y pense, j'ai entendu dire que Muller était très lié aux Bal Harith. Il devait savoir qu'ils avaient installé leur campement à Hazar.

Jordan sourit.

— Tout à fait le genre d'amis qui convient à Skiros et à Muller. Des types à l'air dur, qui montrent les dents et sortent leurs fusils dès que je passe à proximité. Ils te couperaient la gorge pour te piquer tes chaussettes !

— Pas Mahmoud, protesta Kane. C'est un Bédouin de la vieille école. Intransigeant sur les questions d'honneur et le respect des coutumes.

Il se leva et quitta l'abri de toile. La tête lui tournait et il tituba un peu. Jordan le considéra avec inquiétude.

— Tu es sûr que ça ira ?

— Je me sentirai beaucoup mieux quand j'aurai rattrapé Skiros. Est-ce que je peux emprunter un de tes camions ?

— Inutile, répondit Jordan. Je viens avec toi. Moi aussi je suis très inquiet pour Marie Perret.

— Et les Cunningham ?

Jordan haussa les épaules.

— Ils vont dormir encore pendant des heures. Mes hommes resteront ici pour s'occuper d'eux.

Kane était trop fatigué pour discuter. Il appela Jamal, lui expliqua la situation, et tous deux grimpèrent dans le camion, pendant que Jordan donnait ses instructions à ses hommes.

Jordan prit ensuite le volant, tandis que Kane se calait sur son siège, les yeux fermés. Il avait l'impression que les événements des quatre derniers jours l'avaient enfin rattrapé, le vidant entièrement de ses forces. Il préférait même ne pas penser à ce qui l'attendait.

Ils atteignirent Hazar en moins d'une heure, et Jordan fit une halte à l'entrée d'une large vallée. Devant eux, se dressaient les tentes noires des Bédouins.

— Quoi qu'il arrive, laisse-moi parler, dit Kane. Je sais exactement comment m'y prendre.

Les palmiers s'étendaient sur plusieurs centaines de mètres, le long de la vallée, et leur feuillage fournissait un bon abri contre les rayons du soleil. Lorsqu'ils pénétrèrent en camion à l'intérieur du campement, chassant devant eux chèvres et chameaux, les enfants se précipitèrent vers les tentes en poussant des cris pour prévenir les adultes. Des hommes à la barbe noire, vêtus de larges djellabas, firent alors leur apparition. La plupart tenaient à la main un fusil.

Quand ils arrivèrent au centre du campement, Kane se raidit sur son siège et Jamal lui étreignit légèrement l'épaule : à une cinquantaine de mètres, deux camions étaient garés. Jordan les aperçut aussi.

— J'ai l'impression que nous sommes tombés au bon endroit.

Il arrêta le camion devant la plus grande tente. Un homme imposant en sortit.

Mahmoud était très vieux, il avait la peau parcheminée et une longue barbe striée de fils d'argent. Il arborait une djellaba d'un blanc immaculé et la garde de son poignard était en or finement ciselé.

Les hommes entourèrent le camion en silence, leur barrant toute retraite. Leur attitude n'avait rien d'amical.

— Tu as remarqué leurs fusils ? dit tranquillement Jordan. Le tout dernier modèle. Je comprends que Skiros ait choisi d'attendre ici.

Kane descendit du camion et s'approcha lentement à quelques pas de Mahmoud. Pendant un bref instant, ils se dévisagèrent, puis le vieil homme tendit la main en souriant.

— Mon bon ami, Kane, ça fait longtemps que nous n'avons plus chassé au faucon.

Kane prit la main qu'on lui tendait et lui aussi sourit.

— Le temps a été clément avec vous, Mahmoud. Chaque année, vous paraissez plus jeune. J'ai amené un ami, ajouta-t-il en désignant Jordan.

Mahmoud eut une moue de dégoût.

— Je le connais. C'est le jeune homme qui fouille le sol et qui empuantit le pays avec ses machines.

Jordan parut mal à l'aise, mais le vieil homme lui adressa un geste courtois de la main.

— Mais aujourd'hui, qu'il soit le bienvenu, puisqu'il vient en compagnie d'un ami.

Mahmoud tourna les talons et se glissa à l'intérieur de la tente. Kane et Jordan le suivirent.

Ils s'assirent en tailleur sur des tapis moelleux et, au bout d'un certain temps, une femme enveloppée d'un long voile noir émergea de l'arrière de la tente, portant sur un plateau en cuivre une cafetière, trois tasses et un grand bol de riz.

Respectueux des usages, Kane et Jordan se servirent le riz avec les doigts dans le bol commun et burent leur café.

Lorsque la femme leur tendit un linge humide pour qu'ils s'essuient, Kane laissa échapper un soupir de soulagement. Quelque tournure que puisse prendre la conversation, ils étaient désormais en sécurité. Ils avaient mangé et bu avec Mahmoud, au sein de sa tribu. Il ne pouvait plus rien leur arriver.

Mahmoud laissa passer un bref moment avant de s'enquérir poliment :

— Vous venez de loin, mon ami ?

— Oui, de loin, et nous avons fait vite. Je cherche deux hommes qui m'ont causé un grand tort.

— La vie d'un homme, c'est son honneur, dit le vieux cheikh d'un ton grave. Que Dieu guide vos pas.

— Il m'a déjà témoigné sa grande pitié, répondit Kane. Les hommes que je cherche se trouvent dans votre campement. J'ai vu leurs camions.

Mahmoud n'eut pas l'air surpris. Il hocha la tête calmement.

— Il y a deux Francs dans mes tentes. Mon bon ami le professeur Muller, et le gros de Dahrein. En quoi vous ont-ils manqué de respect ?

Kane s'efforça de garder un ton égal.

— Ils ont enlevé ma femme.

Un silence suivit, et le vieil homme se mit à caresser sa barbe.

— C'est vrai qu'ils ont une femme avec eux, reprit enfin Mahmoud. Une femme de sang mêlé. Elle n'a pas quitté leur tente depuis leur arrivée.

— C'est elle, déclara Kane.

Mahmoud se releva avec grâce.

— Attendez ici, dit-il avant de quitter la tente.

Jordan semblait sur des charbons ardents.

— Qu'est-ce que ça veut dire, tout ça ?

Kane expliqua rapidement :

— C'est la seule façon de forcer Skiros à se découvrir. Pour un Bédouin, la femme semble n'être qu'un meuble, mais la comparaison s'arrête là. Voler la femme d'un autre homme est pour eux le crime le plus abominable qu'on puisse commettre.

— Bon, d'accord, je comprends, dit Jordan avec

impatience. Mais je ne vois toujours pas en quoi ça peut nous aider.

Avant que Kane ait pu répondre, Mahmoud était de retour sous la tente, avec Muller et Skiros.

Kane et Jordan se levèrent d'un bond, et Kane fit un pas en avant. Muller semblait sidéré, mais le visage de Skiros ne trahissait pas la moindre émotion.

— Nous vous avons vus arriver. Apparemment, il y a encore des miracles. J'imagine que Sélim a été retardé.

— J'ai bien peur que ce soit pour l'éternité, répondit Kane.

— Ainsi, vous êtes de vieux amis, dit doucement Mahmoud.

— Pas le moins du monde, répondit Skiros. Cet homme m'a causé le plus grand tort. On peut même dire qu'il vous a causé du tort, à vous et à votre peuple. À cause de lui, Muller et moi sommes forcés de quitter le pays. Il n'y aura plus d'armes pour les tribus des frontières.

— Cela est grandement regrettable, et mon peuple en serait fâché s'il l'apprenait, mais Kane est mon hôte, et je réponds de sa sécurité comme de la vôtre.

— Cela vous regarde, bien sûr, mais je tenais à vous avertir que cet homme est votre ennemi.

Mahmoud s'éloigna de quelques pas, comme perdu dans ses pensées, puis demanda :

— Cette femme qui se trouve dans votre tente, vous appartient-elle ?

Skiros se raidit, et Muller s'essuya le front d'une main tremblante.

— En quoi cela vous intéresse-t-il ? demanda Skiros.

— Kane m'a dit qu'elle n'était pas votre femme, répondit calmement Mahmoud. Que vous la lui aviez volée.

— Ça lui ressemble bien de dire des choses pareilles !

— Je vois, dit Mahmoud d'un air pensif. Deux versions de la même affaire. Donc, l'un des deux triche avec la vérité. Il n'y a qu'un seul moyen de savoir.

Il frappa dans ses mains et l'on entendit un léger bruit à l'extérieur. Marie entra dans la tente et mit un moment à accommoder, à cause de l'obscurité qui y régnait. Puis elle aperçut Kane, poussa un cri de surprise et se précipita dans ses bras. Il la serra contre lui et lui caressa les cheveux.

— Tu vas bien ? demanda-t-il.

— Ça va, ça va, dit-elle en promenant le bout des doigts sur sa joue. Je n'arrive pas à y croire...

Mahmoud posa une main sur l'épaule de Marie et de l'autre tourna vers lui son visage.

— Quel est ton nom, mon enfant ?

Elle le regarda fièrement, le menton levé.

— Marie Perret.

— J'ai entendu parler de toi. Ta mère était une Rachid, n'est-ce pas ?

Il s'éloigna un peu et alla se placer sur le côté, de façon à pouvoir observer les yeux de chacun.

— Cet homme, Kane, dit que tu es sa femme. Que Skiros t'a volée à lui. Est-ce vrai ?

Elle acquiesça.

— Êtes-vous mariés selon la coutume chrétienne ? reprit le vieil homme.

— Non, nous ne sommes pas mariés.

— T'a-t-il connue, mon enfant ? demanda doucement Mahmoud.

Il y eut un moment de silence, et Kane retint sa respiration, priant pour qu'elle donne la bonne réponse.

— Oui, j'ai couché avec cet homme, répondit-elle enfin.

Skiros laissa exploser sa colère.

— C'est un mensonge ! C'est un coup monté par Kane. Je vous avais dit que c'était mon ennemi.

La main levée, Mahmoud tenta de le calmer.

— Quelle femme accepterait de se déshonorer ainsi sans raison ? Si elle a couché avec lui, alors elle lui appartient. Elle ne peut appartenir à un autre. Elle est du même sang que mon peuple, et telle est notre loi.

Une expression de fureur apparut sur le visage de Skiros mais, par un suprême effort de volonté, il parvint à se maîtriser. Il s'inclina avec raideur, souleva la porte de la tente et sortit, Muller sur ses talons.

Jordan poussa un soupir de soulagement, et Kane se tourna vers Mahmoud.

— Et maintenant ?

Le vieux cheikh sourit.

— Je crois qu'il vaut mieux qu'elle regagne sa tente et qu'elle y reste, sous bonne garde, jusqu'au départ de nos amis.

— Puis-je lui parler, d'abord ? demanda Kane.

— Oui, mais pas longtemps.

Mahmoud posa la main sur l'épaule de Jordan et l'entraîna dehors, laissant Kane et Marie seuls.

Elle se jeta dans ses bras et il la tint serrée un long moment. Ensuite, ils s'assirent tous les deux côte à côte. Kane se sentait soudain épuisé.

— Tu as des cigarettes ? demanda-t-il.

Elle tira un paquet froissé de la poche de sa chemise et lui en offrit une. Il inspira profondément la fumée et soupira d'aise.

— Mmmm, qu'est-ce que c'est bon !

Elle se pencha et lui caressa les cheveux.

— Tu as l'air d'avoir passé de mauvais moments.

— Oui, on pourrait dire ça comme ça.

— Raconte-moi.

Il lui fit rapidement le récit des derniers événements, et elle parut soulagée lorsqu'il eut terminé.

— Je suis heureuse que les Cunningham s'en soient sortis. Que comptes-tu faire, maintenant, pour Skiros et Muller ?

— Que veux-tu que je fasse ? Je suis sûr que Mahmoud va nous retenir ici après leur départ. Comme ils lui ont fourni des armes, il leur doit bien ça. Ce que je ne comprends pas, c'est pourquoi Skiros a quitté la vallée aussi rapidement. Que s'est-il passé ?

— Je ne sais pas exactement. Après la fin des combats, il est resté longtemps à la radio, et quand on l'a revu dans le campement, il semblait furieux. Il a eu une discussion orageuse avec Sélim. Ensuite, il a annoncé qu'on partirait à l'aube.

— Il a dû annoncer à ses supérieurs, à Berlin, la perte de l'avion, et là-bas, ils ont certainement été pris de panique. Parce que s'il se faisait prendre et que sa véritable nationalité était découverte, ça pouvait leur coûter cher. Ils ont dû lui ordonner de décamper le plus rapidement possible.

— J'espère qu'on ne les reverra plus jamais, dit Marie.

Kane tendit ses mains et elle les étreignit avec force. Puis elle se jeta dans ses bras et ils s'embrassèrent avec passion. Mahmoud fit alors son apparition et Marie quitta la tente. Le vieux Bédouin sourit.

— Vous paraissez fatigué. Je vous conseille d'aller dormir. Je vais vous faire conduire auprès de votre ami. Nous parlerons plus tard.

Kane sortit dans la clarté aveuglante du soleil, et un homme lui fit traverser le campement. Tous les regards se tournaient vers lui, et une bande d'enfants l'accompagna jusqu'à une tente, dressée à la lisière du campement. Il trouva Jordan assis en tailleur sur un tapis, qui mangeait à même une boîte de conserve.

— Tu as l'air en pleine forme, dit joyeusement le géologue.

Kane réussit à sourire faiblement et se jeta sur une paillasse, dans un coin de la tente.

Jordan continuait de parler, mais ses mots semblaient n'avoir aucun sens. Au bout d'un moment, ils ne formaient plus qu'un bourdonnement monotone, et Kane sombra dans le sommeil.

Il s'éveilla lentement et demeura étendu dans la pénombre. Il faisait nuit, et la lampe à pétrole accrochée à un piquet au-dessus de sa tête jetait des ombres sur la toile de la tente.

Assis à côté de lui, Jordan nettoyait son revolver. Quand il vit Kane bouger, un sourire apparut sur son visage.

— Comment te sens-tu ?

— Complètement vaseux, répondit Kane en se redressant avec peine.

Jordan lui tendit un bol de riz et de viande.

— Tu ferais bien de manger quelque chose.

Kane avala deux ou trois bouchées et se rendit compte qu'il avait faim.

— Il s'est passé quelque chose pendant que je dormais ?

— C'était calme comme dans un cimetière. Tu as dormi huit heures environ.

— Nos amis sont déjà partis ?

— Ils étaient de l'autre côté du campement. Je suppose que c'est le vieux qui a organisé les choses de cette façon. Je les ai entendus démarrer il y a deux heures. À ton avis, qu'est-ce qu'ils vont faire ?

— Ils vont aller à Dahrein et essayer de quitter le pays le plus vite possible, avant qu'on ait prévenu les autorités.

— Tu vas tenter de les en empêcher ?

— Non, je ne crois pas. Je suis simplement content d'être débarrassé d'eux. De toute façon, ici, ils sont grillés. Allons voir Mahmoud, décida-t-il en se levant.

Ils trouvèrent le vieux cheikh assis sur une peau

de mouton, devant le feu, en train de fumer une cigarette turque.

Il les accueillit avec le sourire.

— Je vois que vous vous êtes reposé, mon ami, dit-il à Kane.

Ce dernier s'assit à côté de lui.

— Jordan m'a dit que Skiros et Muller étaient partis.

Mahmoud acquiesça.

— J'ai promis que je vous retiendrais ici une journée entière. Je leur dois bien ça.

— Skiros est allemand, lança Kane. Était-ce bien sage de traiter avec un tel homme ?

Mahmoud sourit.

— Votre ami, lui, représente une société pétrolière américaine. S'il trouve du pétrole, combien de temps attendrons-nous les soi-disant bienfaits de l'aide américaine ?

— Serait-ce si terrible que ça ? s'enquit Jordan.

— À Oman, ils ont les Britanniques pour les protéger. Ici, nous préférons nous protéger nous-mêmes. Si les Allemands sont assez bêtes pour donner des armes gratuitement, j'accepte.

— Mais la plupart des tribus des frontières ont utilisé ces armes pour attaquer les Britanniques à Oman, objecta Kane. C'est ce que voulaient les Allemands.

— Ce n'est pas mon affaire, rétorqua le vieil homme.

Il ne servait visiblement à rien de poursuivre la discussion, et Kane préféra changer de sujet :

— À présent, pouvons-nous aller rendre visite à Marie Perret ?

— Elle est toujours dans sa tente, sous la garde d'un de mes hommes. Je vais vous y conduire moi-même.

Alors qu'ils traversaient le camp, Mahmoud glissa à Kane :

— Si vous voulez suivre les conseils d'un vieil

homme, soyez prudent en retournant à Dahrein. Skiros n'oubliera pas ce que vous lui avez fait.

Ils s'arrêtèrent devant la tente. Le garde était assis dans l'obscurité, devant l'entrée, la tête penchée sur la poitrine. Agacé par cette désinvolture, Mahmoud le poussa du pied.

L'homme roula sur le sol, le visage de côté. Il vivait encore, mais il avait du sang sur le cou, derrière l'oreille gauche, là où il avait été frappé.

Nulle trace de lutte à l'intérieur de la tente, mais évidemment, Marie n'était plus là.

— Ils l'ont emmenée ! s'écria Kane.
— Mais pourquoi ? s'étonna Jordan.
— Pour leur servir d'otage, jusqu'à ce qu'ils aient quitté le pays, ou bien pour se venger de moi. Au fond, peu importe.

Mahmoud posa la main sur l'épaule de Kane.

— J'ai honte que cela se soit passé sous l'une de mes tentes. Naturellement, cela me délie de ma promesse de vous garder ici un jour entier.

— Personne n'est à blâmer, dit Kane, mais il faut que nous partions tout de suite. Où est le Somali ?

— Il dort avec mon garde du corps. Je vais vous l'envoyer.

Mahmoud retourna à sa tente, tandis que Kane et Jordan gagnaient précipitamment le camion.

— Et les Cunningham ? demanda Jordan.

Kane haussa les épaules.

— Il faudra qu'ils se débrouillent tout seuls. Pour l'instant, il faut s'occuper de Marie.

Tandis que Jordan s'assurait que tout était en ordre pour leur départ, Kane alluma une cigarette et réfléchit à la situation. Il y avait environ deux cents kilomètres de piste jusqu'à Dahrein, parfois en très mauvais état. Skiros et Muller avaient deux heures d'avance. Sauf si les Allemands tombaient en panne, il n'y avait aucun moyen de les rattraper avant Dahrein.

Jamal apparut, suivi le Mahmoud et de plusieurs de ses hommes. Le Somali grimpa à l'arrière, tandis que Jordan s'installait au volant.

Au moment où le moteur se mettait à tourner, Mahmoud prit la main de Kane.

— Qu'il soit fait selon la volonté de Dieu, mon ami.

— Jusqu'à notre prochaine rencontre, ajouta Kane.

Le camion s'éloigna dans un nuage de poussière.

Pendant la première heure, ils suivirent une ancienne piste de caravanes à travers les montagnes. Il faisait nuit, Jordan devait écarquiller les yeux pour voir quelque chose et donnait de temps à autre un violent coup de volant pour éviter une grosse pierre ou un autre obstacle.

Un cigarette fichée entre les lèvres, Kane se laissait aller contre le dossier du siège. En dépit de son long sommeil, il se sentait encore fatigué, mais il avait réussi à puiser au fond de lui une force mystérieuse, une sorte d'énergie vitale qui lui permettrait de tenir le temps nécessaire à l'accomplissement de sa tâche.

Au bout d'une heure, un vent fort se mit à souffler depuis la côte, chassant les nuages devant lui, et la pleine lune apparut, éclairant vivement leur chemin.

Jordan accéléra l'allure, et ils foncèrent le long d'une vallée stérile, zigzaguant entre les rochers.

Une heure plus tard, ils abordaient une piste taillée à flanc de montagne et grossièrement pavée.

Jordan accéléra encore, mais ils entendirent un gros bruit à l'arrière et le camion fut déporté dangereusement. Jordan poussa un juron et coupa le contact.

— On a crevé ! Évidemment, avec ce genre de route !

Il ne leur fallut que dix minutes pour changer la roue, et cette fois, Kane prit le volant. Plus question, dès lors, de songer à ce qui les attendait : seule comptait la route, avec ses tournants et ses précipices, qui, petit à petit, les emmenait vers la côte.

Les mains moites sur le volant, Kane conduisit jusqu'à la grande vallée qui donnait sur la mer.

Cela faisait des heures que Kane et Jordan n'avaient pas échangé une parole, mais lorsque Dahrein fut en vue, Kane demanda :
— Quelle heure as-tu ?
— Quatre heures du matin. Ça va ?
Kane respira profondément pour s'éclaircir les idées.
— Oui, ça va.
— Bon, qu'est-ce qu'on fait maintenant ?
— Je ne pense pas qu'ils soient allés à l'hôtel. À mon avis, ils doivent plutôt être chez Muller.

Le camion longea l'aérodrome. Le silence le plus complet régnait autour d'eux alors qu'ils roulaient en direction du front de mer. Il faisait sombre dans l'entrelacs de ruelles, et Kane dut garder les phares de route allumés.

À l'extrémité de la rue où habitait Muller, il coupa le contact.
— Il vaut mieux continuer à pied.

Il prit sa mitraillette et avança en silence. Devant le portail, éclairé par une lampe suspendue, était garé un camion couvert de poussière. Jordan posa la main sur le capot. Il était encore chaud.
— Ça ne fait pas longtemps qu'ils sont arrivés.

Kane hocha la tête.
— Nous avons bien roulé.

Le portail était fermé. Kane réfléchissait au moyen d'entrer, lorsque Jamal lui posa la main sur le bras. Il se retourna, mais le Somali était déjà appuyé au mur, les jambes écartées. Kane glissa sa mitraillette sur son épaule et grimpa sur le dos de Jamal. Puis le Somali lui saisit les chevilles et le souleva.

Après un rétablissement sur le faîte du mur, Kane sauta dans le jardin. La maison était éclairée. Il gagna rapidement la porte donnant sur la rue et fit entrer Jordan et Jamal.

Il referma soigneusement derrière eux, mit la clé dans sa poche, et les trois hommes se dirigèrent dans l'ombre vers la maison.

18

À quelques mètres de l'entrée, ils s'accroupirent derrière un buisson. Puis, sur un geste de Kane, ils escaladèrent les quelques marches montant à la terrasse.

La porte n'était pas fermée. Ils pénétrèrent à l'intérieur, le doigt sur la détente de leur arme. La lumière était allumée et d'en haut leur parvenaient de faibles bruits.

À ce moment-là, une porte s'ouvrit dans le hall. Un serviteur arabe fit son apparition, une valise à la main. Il fut sidéré en les apercevant, mais n'eut pas le temps de pousser un cri : Jamal l'avait déjà étendu par terre d'un coup de poing dans la mâchoire.

Une voix impatiente retentit à l'étage, et Muller surgit sur le palier.

— Bon Dieu, dépêche-toi, mon garçon !

C'est alors qu'il vit Kane.

Il sortit un Luger de sa poche et tira au jugé. La balle alla ricocher contre le mur et ils baissèrent tous la tête instinctivement. Muller en profita pour rentrer dans son bureau en refermant derrière lui.

Kane grimpa jusqu'au palier et s'aplatit contre le mur avant de tourner la poignée de la porte. Jamal et Jordan le rejoignirent. Muller ne faisait pas le moindre bruit.

Sur un signe de tête de Kane, Jamal tira une longue rafale sur la serrure, puis enfonça le battant d'un coup de pied. Il se jeta ensuite contre le mur, mais Muller ne réagit pas. Kane se risqua alors à lancer un coup d'œil dans la pièce. Vide. Mais au fond, une porte ouverte donnait sur un escalier.

Ils descendirent avec prudence, ouvrirent une nouvelle porte et se retrouvèrent dans le jardin.

— Tu crois qu'il est encore là ? murmura Jordan.

— Certainement. J'ai fermé à clé, et il est trop petit pour franchir le mur sans aide.

Une balle tirée depuis les buissons passa à quelques centimètres de leurs têtes. Ils s'accroupirent aussitôt.

— Ne faites pas l'idiot, Muller ! lança Kane. Nous sommes trois, et bien armés. Vous n'avez aucune chance.

Dérangé par ce remue-ménage inaccoutumé, un oiseau s'envola des buissons, et les colombes perchées sur le toit de la maison se mirent à battre des ailes.

— On ferait mieux de se séparer, dit Kane. Sans ça, on n'y arrivera pas. Mais pour l'amour du ciel, ne tire pas à tort et à travers, tu risquerais de me toucher au lieu de Muller.

— Je ferai attention, promit Jordan en souriant.

Jamal partit sur la droite et Kane se mit à ramper sur le sol humide de rosée. Arrivé au pied d'un figuier, il se releva, tous les sens en alerte. Un coup de feu éclata dans la pénombre.

— Il va vers le portail, Gavin ! Coupe-lui la route !

Kane se rua en avant et aperçut Muller à une vingtaine de mètres de lui. L'Allemand réussit à gagner le portail avant eux mais ne parvint pas à l'ouvrir. Jordan jaillit alors des buissons et rejoignit Kane.

L'Allemand se tourna vers eux. La panique se

lisait sur son visage. Il tenait son Luger contre sa cuisse droite. Kane leva le canon de sa mitraillette.

— Ne faites pas l'imbécile !

Muller tira et Jordan fit quelques pas de côté en titubant avant de tomber sur Kane. Muller s'apprêtait à faire feu une deuxième fois lorsque Jamal tira une longue rafale qui projeta l'Allemand contre le portail.

Kane soutenait Jordan par l'épaule et sentit du sang couler entre ses doigts. Une grimace de douleur tordait le visage du blessé. Le Somali le prit dans ses bras pour le ramener à l'intérieur de la maison.

Kane s'apprêtait à le suivre, lorsque Muller poussa un râle. Kane alla s'agenouiller près de lui. Il avait les yeux ouverts, mais sa poitrine n'était plus qu'un amas de chair sanguinolent. Kane se pencha sur lui.

— Muller, vous m'entendez ? Où sont les autres ?

Mais il perdait son temps. Les yeux de Muller roulèrent en arrière et du sang se mit à couler de sa bouche. Sa tête bascula sur le côté et il ne bougea plus.

Kane réfléchit un instant, traîna le corps derrière les buissons et alla ouvrir le portail. Puis il retourna à la maison.

Jamal avait ôté la chemise de Jordan. La balle l'avait frappé sous le sein gauche mais, en examinant soigneusement la blessure, Kane s'aperçut qu'elle avait été déviée par une côte, traçant un profond sillon dans la chair. Jordan saignait abondamment, mais sa vie ne semblait pas en danger.

Le Somali confectionna à la hâte des pansements en déchirant la chemise, et Jordan ouvrit les yeux.

— Ne t'inquiète pas pour moi, murmura-t-il. Il faut s'occuper de Skiros.

— Une fois qu'on t'aura amené chez un médecin, rétorqua Kane.

Lorsque Jamal le reprit dans ses bras, le jeune géologue s'évanouit. Ils gagnèrent le camion, et le Somali étendit le blessé sur le siège arrière avant de s'asseoir à côté de Kane.

Aucun bruit ne venait des maisons alentour, et Kane se dit qu'à Dahrein, heureusement, une fusillade nocturne était devenue chose si commune qu'elle ne suscitait plus le moindre intérêt.

Il s'arrêta devant l'hôtel, et Jamal le suivit à l'intérieur en portant Jordan. Le hall était désert. Le concierge de nuit, un Indien, somnolait derrière le comptoir. Kane le secoua rudement par l'épaule.

— Où est Skiros ?

— Il n'est pas là, sahib. Ça fait plusieurs jours qu'il est parti.

Il mentait, Kane en était persuadé, mais pour l'heure il avait autre chose en tête.

— Le Dr Hamid vit toujours ici ? (L'employé hocha la tête.) Donnez-moi une chambre au premier, et tirez le docteur du lit. Dites-lui que c'est urgent.

Le concierge lui tendit une clé et les précéda dans l'escalier.

Jamal étendit Jordan sur le lit. Son visage était trempé de sueur, et Kane commençait à s'inquiéter sérieusement. Au même moment, un Arabe mince, grisonnant, vêtu d'une robe de chambre, fit son entrée. Il tenait une sacoche noire à la main. Il adressa un bref signe de tête à Kane, l'écarta et se pencha sur Jordan.

Quelques instants plus tard, il se redressa.

— C'est plus grave que ça n'en a l'air, dit-il dans un anglais parfait. Mais cet homme a eu de la chance.

— Je vous le confie, dit Kane. Je reviendrai plus tard prendre de ses nouvelles.

Le Dr Hamid opina du chef, l'esprit déjà occupé

par la tâche qui l'attendait. Kane et Jamal quittèrent la chambre.

En bas, le concierge avait retrouvé sa place derrière le comptoir et lisait un journal. Kane vint s'accouder devant lui et attendit.

L'Indien jeta un regard par-dessus son journal et lui sourit d'un air gêné.

— Je peux faire quelque chose pour vous, sahib ?

— Oui, vous pouvez me dire où est Skiros.

— Comme je vous l'ai déjà dit, sahib, cela fait plusieurs jours que je n'ai pas vu M. Skiros.

— D'ordinaire, je suis un homme patient, dit Kane, mais là, c'est un de mes mauvais jours. Soit vous me dites où se trouve Skiros, soit je demande à mon ami, là, de vous casser le bras.

Le concierge coula un regard en direction de Jamal et fit la grimace.

— Ce ne sera pas nécessaire, sahib. Il y a une limite à toute chose, y compris à la loyauté. M. Skiros était ici il y a environ une heure. Il a pris des papiers dans son bureau, de l'argent dans le coffre, et il m'a dit qu'il partait pour un certain temps, et que si on me demandait quelque chose, je n'avais qu'à répondre que je ne savais rien.

— Marie Perret était avec lui ?

— Non. Il a donné deux coups de téléphone, c'est tout.

Kane regarda le standard et un sourire naquit sur son visage.

— Et évidemment, vous avez écouté.

L'Indien haussa les épaules.

— Le premier était pour le professeur Muller. M. Skiros lui a dit de se dépêcher. Et que tout était arrangé.

— Et le second ?

— Il a appelé le capitaine González, le chef des douanes. M. Skiros lui a demandé de venir tout de suite et d'amener tout l'argent qu'il pourrait trouver.

— Il est venu ?
— Oui, vingt minutes plus tard. Il était très en colère, sahib, mais M. Skiros l'a menacé.
— À propos de quoi ?
— Je ne sais pas exactement, sahib. Apparemment, ils étaient associés en affaires.

Kane resta immobile un moment, les sourcils froncés, puis adressa un bref signe de tête à Jamal, et les deux hommes quittèrent l'hôtel en toute hâte.

Tandis qu'ils gagnaient le front de mer, Kane avait l'impression que les pièces du puzzle se mettaient en place. Que Skiros n'ait pas eu connaissance du débarquement de Cunningham à Dahrein, cela pouvait être crédible, mais il en allait tout autrement pour González. Si le chef des douanes était un homme paresseux qui faisait mal son travail, le moindre mendiant lui servait d'espion, et il n'ignorait rien de ce qui se passait en ville.

Et toutes ces fois où Kane avait amené des devises à Dahrein pour Skiros ? Si González n'avait jamais fouillé le bateau, c'était sûrement parce que Skiros l'avait prévenu et que les deux hommes n'avaient pas jugé utile de mettre Kane dans le coup.

Dès qu'ils furent arrivés devant la maison de González, Kane tira violemment sur la cloche. Quelques instants plus tard, on entendit du bruit de l'autre côté de la porte, et le capitaine guigna par le guichet.

— Qui est-ce ?
— Je voudrais vous dire un mot, dit Kane. C'est très urgent.

En grommelant, González défit la chaîne qui bloquait la porte. Elle s'entrebâilla de quelques centimètres, mais Jamal l'ouvrit en grand d'un coup de pied.

Lorsqu'ils pénétrèrent à l'intérieur, González était étendu sur le sol.

— Qu'est-ce que ça veut dire ? demanda-t-il, furieux.

Kane le remit sur ses pieds et l'attrapa par le collet.

— Où est Skiros ?

La peur se lisait dans les yeux de l'Espagnol, mais il tenta de faire front.

— Comment voulez-vous que je le sache ?

Le tenant fermement d'une main, Kane se tourna vers Jamal et s'adressa à lui en arabe.

— Ce chien sait où Marie Perret est gardée prisonnière. Fais-le parler.

Les grandes mains du Somali se refermèrent sur les épaules de González. Il lui enfonça ensuite le genou au creux des reins et le plia en arrière. L'Espagnol poussa un cri.

Le Somali relâcha la pression et González tendit vers Kane une main suppliante.

— Dites à ce diable noir de me lâcher.

— Pas avant que vous ayez répondu à ma question, répliqua durement Kane.

— Skiros et la fille sont à bord du bateau de Sélim, la *Farah*. Ils doivent appareiller avec la marée du matin.

Sur un signe de Kane, Jamal poussa González sur le sol, où il demeura allongé, gémissant de douleur.

Les deux hommes se précipitèrent vers la jetée. Plusieurs bateaux y étaient amarrés, mais pas celui de Sélim. La peur commençait à l'étreindre, lorsque Jamal lui montra du doigt la *Farah* ancrée au milieu du port. Aucun autre bateau n'était mouillé à proximité, et la lune tapissait d'argent les eaux noires.

Impossible d'approcher sans être vu. Courbés en deux, ils gagnèrent l'extrémité de la jetée. À ce moment-là, Kane entendit un léger bruit. Il se pencha et aperçut un Arabe assis dans un youyou.

— C'est vous, sahib ? demanda l'homme.

Kane comprit tout de suite qu'on l'avait pris pour Muller. Il descendit l'échelle de fer en disant à voix basse :

— Oui, donne-moi la main pour m'aider à monter dans la barque.

Arrivé à sa hauteur, il lança un violent coup de pied dans le ventre de l'homme qui s'effondra au fond du youyou en gémissant.

Lorsque Jamal le rejoignit, Kane avait déjà ôté sa chemise et dénouait les lacets de ses brodequins de toile. Le Somali s'accroupit à côté de lui et Kane lui expliqua son plan. Jamal ne dissimula pas son inquiétude, mais finit par hocher la tête, comme à regret.

Kane se releva ; il ne portait plus que son pantalon kaki. Il prit le couteau de l'homme étendu au fond de la barque, le glissa dans sa ceinture et plongea sans bruit dans l'eau. Après quoi, il fendit les eaux du port d'une brasse puissante et silencieuse.

Émergeant de l'obscurité, il se retrouva au milieu des boutres, en plein dans une flaque de lumière. Heureusement, une légère brise soufflait de la mer, soulevant de petites vagues qui l'aidaient à se dissimuler.

En approchant de la *Farah*, il aperçut la vigie qui se tenait à la proue, fusil à la bretelle. Kane nagea tranquillement jusque sous le beaupré et se reposa un instant, accroché à la chaîne de l'ancre.

Quelques instants plus tard, il se mit à grimper. La vigie était de l'autre côté du pont, face à la jetée. Kane se hissa au-dessus du bastingage...

Il le frappa sur la nuque avec le tranchant de la main, et l'homme s'effondra sans un bruit. Kane ramassa son fusil, vérifia la culasse, puis descendit les quelques marches menant dans les profondeurs du navire et s'immobilisa dans l'obscurité.

L'équipage vivait dans une partie de la cale. Il glissa un œil par l'écoutille. Il entendit des rires, et une odeur de cuisine vint frapper ses narines. Il posa son arme, tira sur l'écoutille le lourd panneau qui servait à la fermer et le boucla soigneusement au moyen de ses crochets.

Il allait reprendre son fusil lorsqu'il sentit sur sa nuque la gueule froide d'un revolver.

— Bravo, mon ami, dit la voix de Skiros. Ça a failli marcher.

Kane se retourna lentement. L'Allemand lui souriait.

— Ainsi, le vieux Mahmoud n'a pas tenu sa promesse : il ne vous a pas retenu un jour entier.

— Non, pas quand il s'est aperçu que vous aviez enlevé Marie. Vous avez blessé son honneur d'Arabe.

— À dire vrai, rétorqua Skiros, je m'en moque éperdument. J'attendais Muller. J'imagine qu'il ne viendra pas.

— J'ai bien peur que non.

Skiros sourit à nouveau.

— D'une certaine façon, vous m'avez rendu service. Il aurait pu me créer des ennuis. Vous n'avez fait qu'agir à ma place.

— Je vous crois volontiers, répondit sèchement Kane.

Du bout de son revolver, Skiros montra l'écoutille.

— Vous pouvez la rouvrir. Il n'y a plus aucune raison de différer notre départ.

Kane repoussa les crochets le plus lentement possible.

— Tout le monde sur le pont ! hurla Skiros.

Les marins se précipitèrent en haut dans un vacarme indescriptible et considérèrent Kane avec une hostilité qui n'augurait rien de bon. Skiros ordonna à l'un d'entre eux, visiblement le chef d'équipage, de mettre à la voile, puis il poussa Kane vers la poupe.

Skiros ouvrit ensuite la porte de la cabine du capitaine, qui se trouvait sous le pont arrière, et fit entrer Kane. Ce dernier reconnut aussitôt la cabine dans laquelle il avait pénétré, le jour où l'un des hommes de Sélim avait tenté de l'assassiner. Sur les tapis étaient disposés une table basse en cuivre et des coussins, et sous les grands hublots on avait préparé une couchette.

Skiros laissa échapper un long soupir.

— Ah, si seulement vous et moi avions pu parler face à face, entre hommes.

— Difficile à imaginer, rétorqua Kane. Vous êtes un homme fini. Terminée, la grande opération, le canal de Suez est toujours ouvert. Que va dire le Führer ?

— Il a autre chose en tête, croyez-moi. Hier, les Panzers se sont mis en mouvement, mon ami. La Pologne va subir la plus grande défaite que l'Europe ait connue depuis la Première Guerre mondiale.

— Que l'Allemagne a perdue, fit sèchement remarquer Kane.

— Elle ne perdra pas celle-ci, répondit Skiros d'un air méprisant.

— Je sais. Demain, vous serez maîtres du monde entier. À part ça, qu'avez-vous fait de Marie ?

Skiros tira d'une boîte l'un de ses petits cigares noirs et graisseux et l'alluma d'une seule main, maladroitement. Il avala la fumée de travers et fut pris d'une quinte de toux.

— Je trouve tout ça très amusant. Je ne pensais pas que vous étiez du genre à filer le parfait amour.

Il sortit une clé de sa poche et alla ouvrir une petite porte. Marie s'avança dans la cabine.

Elle demeura un instant immobile, comme pétrifiée, puis aperçut Kane et s'élança vers lui.

— Est-ce qu'il t'a fait mal ? demanda Kane.

— Non, mais c'est un personnage répugnant.

Skiros partit d'un grand éclat de rire qui fit trembler la graisse molle de tout son corps.

— Je me demande ce que vous direz lorsque votre ami aura été donné en pâture aux requins du golfe.

Il releva le chien de son revolver et braqua l'arme sur le ventre de Kane.

L'Américain, lui, avait les yeux fixés sur l'épais cordage de l'ancre de poupe qu'on apercevait, derrière Skiros, par la vitre ouverte. Deux mains firent leur apparition sur le rebord du hublot, puis Jamal guigna prudemment à l'intérieur.

Il fallait gagner du temps, faire parler Skiros. Kane plongea la main dans sa poche et en extirpa le mouchoir dans lequel il avait enveloppé le collier trouvé dans la tombe de Saba. Il le jeta sur le plateau en cuivre de la table basse.

— Si vous me tuez, dit Kane, vous commettrez la plus grande erreur de votre vie.

L'Allemand éclata de rire.

— N'essayez pas ce genre de truc avec moi. Vous n'arriverez pas à sauver votre peau.

Kane reprit le mouchoir et commença à défaire les nœuds.

— Regardez vous-même. Et ce n'est qu'une toute petite pièce du trésor de Saba. Nous l'avons découvert là-bas, à l'intérieur du temple.

Il tendit le collier à la lumière, faisant miroiter les émeraudes. La stupéfaction se peignit sur les traits de l'Allemand.

— Nom de Dieu ! Je n'ai jamais rien vu de pareil !

Il arracha le collier de la main de Kane et l'examina attentivement. Au bout d'un moment, il releva la tête, l'air ravi.

— Ça doit valoir une fortune. Je vous remercie beaucoup.

Ce furent ses derniers mots. Son doigt se crispa sur la détente de son arme, et Jamal s'avança derrière lui, bras tendus. Il plaqua une main sur la bouche de l'Allemand et de l'autre lui arracha son revolver. Skiros se débattit, mais Jamal lui serra un bras autour de la gorge et le renversa en arrière, sur son genou levé.

La panique s'empara de l'Allemand, ses jambes se mirent à battre l'air furieusement. Puis il y eut un bruit de branche cassée, et il cessa de bouger.

Jamal déposa doucement le corps sur le sol, et Marie étouffa un cri d'horreur. Au moment où Kane ramassait le collier en or, l'ancre de poupe passa devant le hublot et le navire se mit à avancer. Le vent, déjà, gonflait ses voiles.

D'un geste, Kane indiqua le hublot et poussa Jamal en avant.

— Vite ! Il n'y a pas de temps à perdre.

Le Somali se glissa le premier à l'extérieur et disparut. Le trois-mâts prenait rapidement de la vitesse et se dirigeait vers la sortie du port. Kane poussa Marie par l'ouverture.

Il jeta un dernier regard à Skiros étendu sur le sol, le visage légèrement tourné vers lui, les yeux grands ouverts, prit une profonde inspiration et plongea à son tour.

Lorsqu'il remonta à la surface, la *Farah* se trouvait déjà à bonne distance. Il nagea en direction de Marie, clairement visible dans la lueur de la lune.

Lorsqu'il l'eut rejointe, elle chercha sa main, et ils demeurèrent là un moment, les yeux dans les yeux.

Le bateau gagnait à présent la haute mer, ses voiles latines gonflées par le vent ; Kane continuait de regarder Marie et, pour quelque raison connue d'eux seuls, ils éclatèrent de rire.

*Du même auteur
aux Éditions Albin Michel*

L'AIGLE S'EST ENVOLÉ
AVIS DE TEMPÊTE
LE JOUR DU JUGEMENT
SOLO
LUCIANO
LES GRIFFES DU DIABLE
EXOCET
CONFESSIONNAL
L'IRLANDAIS
LA NUIT DES LOUPS
SAISON EN ENFER
OPÉRATION CORNOUAILLES
L'AIGLE A DISPARU
L'ŒIL DU TYPHON
OPÉRATION VIRGIN
TERRAIN DANGEREUX

Composition réalisée par S.C.C.M. (groupe Berger-Levrault), Paris XIVe

IMPRIMÉ EN FRANCE PAR BRODARD ET TAUPIN
Usine de La Flèche (Sarthe).
LIBRAIRIE GÉNÉRALE FRANÇAISE - 43, quai de Grenelle - 75015 Paris.
ISBN : 2 - 253 - 17035 - 6 ◈ 31/7035/4